David Duchovny

O reservatório

Tradução **Tanize Mocellin Ferreira**

*Para West e Kyd
e todas as filhas e filhos*

Este mundo não é conclusão;
Uma sequência ergue-se além,
Invisível, como música,
Mas positiva, como som.
Emily Dickinson

Por causa da intensidade do compasso, toda a questão da canção é... não é grandiosa, mas poderosa; exigia algum tipo de epíteto ou configuração de letra abstrata sobre toda essa ideia de a vida ser uma aventura e uma série de momentos iluminados. Mas nem tudo é o que parece. Foi uma tarefa difícil, porque eu não conseguia cantá-la. Era como se a canção fosse maior do que eu. É verdade: fiquei petrificado, é verdade. Foi doloroso; eu estava praticamente chorando.
Robert Plant sobre "Kashmir", do Led Zeppelin

Foi por causa do reservatório que Ridley escolheu este apartamento onze anos atrás. Vista para a água — algo difícil de achar em Nova York. Situado bem alto, acima do Central Park, sem sofrer com os ventos do rio e com a inacessibilidade do transporte público do East End ou do West End, Ridley podia olhar pela enorme janela da sala, vinte andares acima do asfalto, para as árvores ondulantes e a elipse aquática e, se apertasse os olhos, de forma que a Quinta Avenida à sua frente saísse de seu campo de visão, ele poderia pairar como um deus local sobre um grande lago em algum lugar da Nova Inglaterra. Ele poderia ser Thoreau ou Emerson refletindo sobre fuga e autossuficiência em sua cabine celeste. Vivendo aquela peculiar fantasia americana que tenta renunciar ao mundo e influenciá-lo ao mesmo tempo, como alguém que projeta uma casa sem nenhuma intenção de morar nela.

Ridley gostava tanto da vista para a água que estava fazendo a curadoria de uma série de fotos em *time-lapse* no celular chamada "Res: 365". Estava orgulhoso do triplo jogo linguístico de "Res" — "coisa" em latim, mas também uma abreviação satisfatória de *res*ervatório e *res*olução. Porque essas fotos eram tanto uma coisa relacionada ao reservatório quanto uma espécie de resolução. Eram ele estendendo a mão para o mundo, tentando dizer algo com os olhos. Elas poderiam ser seu legado.

Ridley foi bem-sucedido em sua discreta carreira em Wall Street e, quando saiu de lá em grande estilo em 2009, ainda era jovem demais para se aposentar. Muitas pessoas tinham discutido acaloradamente sobre culpar a empresa dele, entre outras, e, por consequência, possivelmente ele mesmo, pela ganância americana e a má conduta financeira que havia deixado o mundo inteiro em crise. *Accountability* foi a palavra da moda durante alguns anos, mas aquela febre, aquela caça às bruxas atrás da quadrilha *subprime* de vilões illuminati havia passado com a amnésia que um retorno à normalidade e uma economia próspera conferem a uma sociedade — com apenas um aceno da mão invisível de Adam Smith, ele pensou. Além disso, ele não era um peixe grande. Tampouco seria um bode expiatório. Nem oito nem oitenta, ele gostava da segurança do meio-termo. Havia se saído bem, mas nunca tinha apostado tudo no risco. Estava satisfeito em ficar naquela baixa/média faixa salarial de seis dígitos ano após ano; os números se somavam, e ele tinha formado uma família confortavelmente com eles. Vinte e cinco anos de horário comercial pegando o metrô na ida e na volta do seu escritório em Lower Manhattan e verões em Fire Island não eram nada de que se envergonhar, mas ele suspeitava de que um emprego com salário fixo nunca tinha combinado com sua alma.

Mas, agora, quando as pessoas assistissem a seus filmes em *time-lapse*, entenderiam como Ridley era intenso. Uma espécie de artista. Elas poderiam compartilhar o que ele estava vendo, seu ângulo e seu *timing*, o que ele julgava digno de ser enquadrado e salvo. Do mesmo jeito que os jovens fazem no Facebook, ele imaginava — *tu me conhecerás pelas minhas postagens.*

Quando sua janela estava aberta, era possível colocar um iPhone horizontalmente numa pequena ranhura no parapeito, usando-a como um tripé improvisado. Todos os dias durante aquele último ano, antes de ir dormir, sem falta, Ridley colocava o celular de frente para o reservatório. De manhã, ele recuperava o dispositivo e assistia, na maravilha do *time-lapse* (um quadro a cada trinta segundos), ao jogo do claro e do escuro, às alterações inalteradas, aos pontinhos das sirenes das ambulâncias como vagalumes e aos fracos fogos de artifício das luzes verdes e vermelhas dos semáforos, à quieta calmaria da acelerada cidade acalentada (uma noite inteira num lampejo de poucos minutos) e, depois, ao nascer do sol sobre o East Side.

A cidade estava ferida, de joelhos. Porque... a pandemia, como ele ouvia os jovens dizerem. Ridley tinha que apertar bem os olhos se não quisesse ver as grandes tendas aparecendo no leste do parque, montadas para receber o escoamento de contágio dos hospitais — como aqueles hospitais de campanha dos tempos de guerra. Ele tinha escutado um boato de que havia estruturas utilizadas como necrotérios: barracas refrigerando cadáveres até que alguém descobrisse o que fazer com eles. A mãe dele costumava dizer: "O necrotério está cheio de otimistas".

Como Matthew Brady, Ridley se considerava um fotógrafo de guerra.

Ele não era essencial e não precisava trabalhar. Podia pedir comida para todo o sempre sem nenhuma preocupação, apoiando os restaurantes locais em dificuldade com gorjetas absurdas como se fosse um mecenas misterioso. O vírus estava em todo lugar e em lugar nenhum. Mas não podia flutuar até a janela dele. O vírus ainda não voava tão longe sozinho. Havia boatos sobre mutações, um vírus mais inteligente, educado através de suas interações com humanos, até sobre uma cepa transformada em arma, mas Ridley não acreditava nessas besteiras da internet. Não acreditava em teorias da conspiração. Tinha visto em primeira mão no seu trabalho que, embora a ganância humana fosse um princípio organizador e destrutivo, ela não era uma conspiração.

Ele acreditava na natureza e na ciência e na história. E apesar de a morte estar no ar, permaneceria corajoso e calmo. A humanidade já tinha visto aquele tipo de sofrimento; era um mero ciclo. O vírus sem dúvida era ruim, mas não sem precedentes nem especial, nem nós seríamos, Ridley ponderou, colocando tudo em perspectiva, quando sobrevivêssemos a ele. A história estava repleta dessas marcas deixadas por supostos precedentes sem precedentes. Bem instruído para um veterano de Wall Street e autoproclamado colecionador de arcanos urbanos, ele sabia que o próprio Central Park, antes de ser um parque e um cenário para inúmeras cenas de filmes românticos, havia sido um cemitério sem identificação para indigentes e pessoas escravizadas, uma vala comum transformada em depósito para os desvalidos. Devia haver espíritos inquietos, ele imaginava, e energia que se podia capturar com um celular. Espíritos inquietos de homens e mulheres negros não devidamente homenageados ou compensados. Apesar de ser um homem racional, Ridley de certa forma esperava que suas lentes capturassem isso, ectoplasmas historicamente revisionistas na bruma sinistra do reservatório.

Apesar de enferma, a cidade estava unida em torno de uma confraternização de vitimização, como não acontecia desde o 11 de setembro, galvanizada contra um inimigo comum de maneiras que transcendiam distinções e identidades. Ele gostava desse espírito de solidariedade maltratado. Não participava diretamente, não saía muito de qualquer maneira, embora ficasse orgulhosamente parado na janela às sete horas toda noite para aplaudir e vibrar e bater panelas para os que estavam na linha de frente. Às vezes, aquele espírito de união fazia uma lágrima rolar pelo rosto dele, porque era muito emocionante ser grato e ser parte de algo nesses tempos de isolamento. Um senhor do outro lado da rua ficava em sua cobertura e tocava uma pequena buzina ou corneta. Apesar de Ridley conseguir reproduzir o estridente assobio de táxi com os dois mindinhos sob o lábio inferior, invejava aquela corneta — trombeta, era assim que gostava de chamá-la por algum motivo. Então os dois homens, em seus esconderijos, competiam para ver quem fazia mais barulho para os que estavam nas ruas, os trabalhadores essenciais, quem se engajava na mais exagerada demonstração de gratidão.

Havia mais de 250 dias que Ridley estava nessa série de 365 dias de fotografias que esperava vender para um museu ou galeria, ou apenas compartilhar com o mundo em um site ou canal do YouTube. Achava que essas fotos significavam alguma coisa. Como a arte significa alguma coisa. Ele não era um artista, mas isso significava que não podia fazer arte? Ridley se perguntava se precisava saber mais sobre o que estava fazendo —precisava saber o que estava dizendo ou bastava saber que estava dizendo *algo*? Sim, bastava. O vírus o fizera querer dizer algo; o vírus falava através dele como um ventríloquo.

Se alguém perguntasse? Aquilo era sobre perseverança e recuperação, a força de Nova York e a irmandade universal e as sempre na moda esperança e resiliência — essas merdas conceituais e supervalorizadas que gente verborrágica adorava ouvir saindo das próprias bocas. Era sobre ser uma simples testemunha. Era revelação através de repetição e tédio, a recuperação da verdade vital dos velhos clichês — *corte lenha, carregue água/pare e sinta o aroma das flores/se você viu um nascer do sol, ainda não viu nada*. Era sobre olhar para algo por tanto tempo que você finalmente consegue *ver* — como o truque daquelas fotos holográficas de Jesus, o pastor, com olhos que seguem você, a ovelha, quando você se mexe, mas sem Jesus e sem truque. Ahá, você achou que fosse o observador, mas sempre foi o observado. Era sobre *você*. Era uma humilde transcendência. Era um manifesto de dez mil horas. Era parte do *zeitgeist*. Talvez ele trocasse o nome por algo alusivo, sem significado e inexpugnável como "Pontilhismo temporal", ou por algo animado, vagamente derivativo e pretensioso na medida certa, como "Relógio de Bolso de Seurat". Mas guardaria para si a maior parte disso, atrás das cortinas — a arte envolvia saber quando ficar na sua e o que deixar de fora. Soltaria insinuações como a esfinge, a conta-gotas, deixaria os outros completarem as lacunas e depois levaria o crédito pelas projeções deles. Eles trariam seus próprios valores e significados e o inflariam como um enorme balão. No jogo da arte, essa é a parte que diverte.

Ridley acordou esta manhã com aquela familiar pedra no sapato, sentindo saudades da sua filha, Coral. Não a via pessoalmente fazia muito tempo. Ela tinha medo de *matá-lo*. Eles tinham medo de *matar um ao outro*. Ele havia sido o primeiro a dizer, muitos meses atrás, que não queria ver seus netos enquanto o vírus estivesse descontrolado, que não dava para confiar que eles fossem lavar as mãos consistentemente ou que não enfiariam o dedo no nariz sem querer etc. Ridley disse algo sobre não querer que *a porra dos netos dele o matassem*, algo assim. Talvez as palavras tenham sido mesmo tão pesadas ou talvez, e isso era mais provável, o fato de ele achar seus netos cansativos, desgastantes e, no fim das contas, entediantes, transpareceu como subtexto, e a filha dele havia percebido e ficado mortalmente ofendida. Não eram só os filhos dela, ele queria ter dito, eram os filhos de todo mundo. Ridley não estava pronto, talvez nunca estivesse, para ser um daqueles avôs espectrais, de braços finos e New Balance cinza, um Sísifo encurvado empurrando não uma pedra, mas um carrinho de bebê, como um andador, pelo parque uma segunda vez. Gostava de crianças, gostava mesmo, mas nunca tinha se sentido totalmente confortável com elas, nunca sabia como conversar com elas, não conseguia participar das suas paixõezinhas e piadinhas e, é claro, sua filha sabia disso como ninguém. Ele se saía melhor quando as crianças tinham por volta de quinze anos, era aí que o amor que Ridley sabia que existia dentro dele começava a fluir mais livremente; só precisava de um tempo para se acostumar com elas. Família não era a praia dele, necessariamente. Seu próprio irmão tinha ensinado inúmeras sobrinhas e sobrinhos a chamarem-no de Tio Já Volto. O irmão dele era um filho da puta engraçadinho.

Ridley se lembrava muito bem do aniversário de catorze anos de Coral, deve ter sido em 3 de novembro de 2001, quase vinte anos atrás agora, *uau*, e da discussão acalorada que tiveram sobre o Afeganistão, ele não lembrava quem tinha defendido o quê, as bocas cheias de bolo de aniversário de cenoura; mas ele se lembrava de pensar: *Cara, ela é divertida*, ela é totalmente outra pessoa agora, podemos conversar, podemos *dialogar*. Coral não precisa mais tanto de mim, é independente e livre; eu sou livre. E ele tinha se apaixonado pela filha de novo, como se de longe — nos termos dela dessa vez, o que era ainda melhor do que aquela bobagem de amor incondicional da Hallmark.

Mas, ah, como Coral estava irritada agora que Ridley não queria babar nas pinturas a dedo dos filhos dela. Ela não queria que seus filhos experimentassem a mesma falta de Ridley que ela experimentara. Ela não disse nada do tipo, mas ele sabia. E, como Coral não tinha dito, Ridley não podia dizer: é pra isso que serve o *pai* deles. Não podia compensar o tempo que não passara com ela através deles agora, podia? Havia uma velha... *desconfiança* na filha dele que ele não conseguia quebrar. Ela parecia uma colecionadora de pequenos deslizes. Nutria certas coisas. Então, agora, sua filha o punia em toda ocasião possível dizendo que adoraria vê-lo, que seus netos adorariam vê-lo, *mas que eles não queriam matá-lo*.

Mas agora Ridley se sentia solitário, com saudades da filha. Sentira-se só muitas vezes na vida, e então, quando acompanhado, desejava estar sozinho. Nunca foi capaz de entender essa sua característica. Seu desejo de estar *em outro lugar*. Isso tinha com certeza afastado sua esposa, não tinha? Ele se lembrava, com uma vergonha humilhante, de um incidente em que, ao apresentar para alguém, numa festa idiota, a mulher com quem estava casado fazia mais ou menos dez anos, esquecera o nome dela. Aquilo não tinha tido nenhum *significado*. Foi só um branco. Um buraco negro na parte da mente onde o nome dela geralmente ficava, onde o nome dela deveria estar. E Ridley não conseguiu se lembrar. Pelo menos não com rapidez suficiente. Tentou se esquivar transformando aquilo numa piada, fingindo tentar se lembrar, estalando os dedos, uma daquelas piadas internas cruéis que maridos e mulheres têm um com o outro para afirmar a profundidade e a extensão de sua história e de sua vida secreta em público (*a patroa... qual é o nome dela ha ha ha*). O pobre coitado na festa enfim soltou uma risada sem graça, e a esposa de Ridley também riu para acompanhar, mas quando Ridley engoliu o uísque e a vergonha e olhou nos olhos dela, eles não estavam rindo, ela estava sentindo uma dor lancinante, e Ridley ficou mortificado e confuso com as engrenagens sombrias de seu próprio interior; e soube, naquele momento, naquele instante ofuscante, que seu casamento tinha chegado ao fim.

A esposa nunca mencionou a omissão, a coisa foi ruim a esse ponto. Então, Ridley achou melhor não mexer com quem estava quieto e nunca pediu desculpas nem tocou no assunto novamente, esperando que tudo aquilo desaparecesse como se nunca tivesse acontecido. E, felizmente, nunca mais aconteceu. E mesmo que ele pudesse declarar sua inocência com honestidade, sem dúvida um crime havia sido cometido por Ridley, ou tinha sido cometido através dele — ele era o criminoso, ou a arma, ou, no mínimo, um cúmplice. Não tinha certeza de mais quantos anos o casamento havia durado, e tinham trocado, é claro, várias cobras e lagartos propositais e não propositais, pequenas e não tão pequenas transgressões vindas de ambos os lados, antes e depois daquela noite, mas foi ali que o casamento morreu.

Sob uma luz azulada, debruçado sobre o café amanhecido, olhando para a vista atrofiada, quase prisional, da janela da cozinha que dava para uma parede de tijolos vermelhos nos fundos do prédio, Ridley matutava à toa se sua ex já tinha encontrado a versão dela do outro lugar onde ela achava que ele queria ter estado durante todos aqueles anos solitariamente discretos. *Esse pensamento foi cruel?* Atualmente, ela morava em uma bucólica cidadezinha no interior do estado, um refúgio infestado de placas comemorando rixas inconsequentes da Guerra da Independência, onde cultivava os próprios tomates e colocava os próprios chutneys e geleias em potes, que distribuía como presentes de Natal em vidros soprados localmente. Tinha se casado havia anos com um escultor rústico e pouco renomado. Então, parecia a Ridley que ela também estava no *outro lugar dela*, esperando o fim do lockdown no maior estilo, num galpão reformado ou numa fazenda infrutífera ao lado de seu cavalheiro artista. Bom para ela. Não importa, Ridley refletiu, em algum momento *você tem que se aceitar*. Este sou eu, para o bem ou para o mal — amargo não, mas realista —, lúcido, maduro, bem *re*solvido.

Animado pela cafeína, Ridley caminhou da cozinha até a sala para pegar o celular e ligar para a filha, pedir uma trégua, convidá-la. *Foda-se, sabe?*, ele diria, ou algo assim, com sorte ele conseguiria encontrar palavras mais amorosas na hora. *Já chega. A vida é muito curta. A culpa é minha.* Ele correu pelo trecho mais curto do sufocante triatlo pandêmico que compreendia toda sua atividade física nos últimos meses:

cozinha até a sala (o *sprint* — quinze passos), sala até o banheiro (a *corrida de média distância* — vinte e quatro passos), banheiro até a cozinha (a *maratona* — trinta e oito passos). Preferia ficar com o celular o tempo todo para seus passos serem contados, como Deus conta todos os grãos de areia. Mesmo que esses passos cativos estivessem apenas retraçando os mesmos metros de novo e de novo como um animal enjaulado no zoológico, eles contavam, e ele queria o crédito. Cuidadosamente, tirou o celular da ranhura do parapeito da janela da sala, mas, antes de ligar para a filha, quis verificar o *time-lapse* da noite anterior antes de coloca-lo na na fila "Res: 365" de sua biblioteca.

No celular, Ridley observou a foto em movimento, que parecia a mesma de sempre, no entanto, não, algo chamou a atenção dele, algo diferente das outras 249 que ele tinha arquivado — um flash de luzes lá do outro lado do parque, no alto de um prédio na Quinta Avenida. Não era apenas um ligar-e-desligar ou o lampejo de um curto-circuito. Era como se alguém estivesse montado no interruptor, jogando-o para cima e para baixo por horas: rítmico, intencional, insistente, talvez significativo, até desesperado. Ridley nunca havia notado esse padrão antes, então analisou algumas fotos aleatórias de noites anteriores e, é claro, ali estava ele, ocasionalmente — quase como um código Morse — uma luz brilhante de apartamento em um andar alto, sempre o mesmo, cintilando quando o restante da cidade era quase todo um apagão, como uma mulher misteriosa piscando para você em uma boate escura.

Ridley continuou rolando a tela do celular até encontrar uma das primeiras noites, e, sim, ali estava a luz piscando através das estações do ano, como um relógio pifado, como um daqueles exames visuais em que você precisa registrar sinais de luz perifericamente até que, no fim das contas, não consegue mais saber se está realmente vendo os pontinhos ou inventando-os. Você começa a supor embora não deva supor. Esses flashes, ele descobriu, tinham começado bem no início do lockdown; parecia que alguém do outro lado do parque estava enviando uma mensagem, comunicando-se ou acendendo um sinalizador, talvez não para ele, talvez para o mundo, mas talvez para ele. Por que não para ele?

Isso era coisa de conto de fadas, Ridley pensou. Talvez fosse uma mulher, uma donzela presa em uma torre da Quinta Avenida, como uma Rapunzel da alta sociedade mantida refém em um casamento cruel por um canalha que trabalha com fundos *hedge*. Ele conhecia muito bem o tipinho. *Money can't buy me love*. Agora sabemos disso, foi comprovado pela ciência. Ele podia estrelar seu próprio *Janela Indiscreta* readaptado-para-a-pandemia. Podia ser o príncipe encantado dela, seu Jimmy Stewart. Um pobre zé-ninguém heroicamente à altura do desafio. Sua mente divagou em várias direções, e então, parou na imagem seminal de *Gatsby* — as luzes de Daisy do outro lado do estuário de Long Island no West Egg. East Egg? Enfim, algum tipo de "egg", ovo, disso ele sabia — provavelmente representa potencial, Ridley refletiu, ou talvez a juventude, como uma semente, ou a inocência, ou o começo de... *algo*: o ovo, depois a galinha, depois o mundo. Gatsby encarando aquelas luzes e tudo que elas representavam de vida e de amor e de um futuro de alegria e de Daisy. Na verdade, era incrível alguém conseguir ser tão romântico em relação a Long Island quando eles tinham aquele sotaque revelador: *Laungáilend.*

Ridley suspirou diante da possibilidade de um futuro. Não era velho demais para sonhar em ser necessário, para desejar ser indispensável. Qualquer um que dissesse que sim era etarista e deveria ser cancelado, como sua filha diria. Ele era como um velho Gatsby, caso Gatsby tivesse vivido em vez de ser assassinado — um sonhador, um herói em busca de um momento, um típico americano.

Naquela noite, Ridley programou o despertador para as três da manhã, e quando acordou agitado com um trecho de "Kashmir", do Led Zeppelin — "*They talk of days for which they sit and wait /All will be revealed*"* —, foi até a janela e ali ficou, esperando que o show de luzes do outro lado da cidade acompanhasse o zen do Zep. E era mesmo algo que o fazia se lembrar da sensação que se tem antes de um show começar, quando ele era jovem e se importava com essas coisas, no escuro, a doce expectativa de ver seus deuses no palco. Ele bateu os pés ritmicamente para mostrar que estava pronto para o que desse e viesse, e não demorou muito para a cintilação começar. Ali estava ela! Sua respiração parou e os músculos de seu estômago contraíram como se fossem contrabalancear uma força sobrenatural que o puxava. Foi como quando você fisga um peixe — sente aquele puxão na linha, aquele puxão que é uma conexão com outra coisa

---

* "*Eles falam de dias pelos quais sentam e esperam / Tudo será revelado.*" [N.T.]

viva (ou prestes a morrer). Ele não sabia se era o peixe ou o pescador, o gancho ou a boca.

Ridley pegou o binóculo (um presente da filha para a casa nova) e olhou através dele. Era difícil achar o ponto certo com o mundo tão ampliado, mas no fim ele achou, e, por Deus, ele conseguia distinguir uma silhueta naquela janela que piscava, uma forma humana. Achou que conseguia ver ombros se afunilando até uma cabeça. Não dava para saber se era homem ou mulher, mesmo com o binóculo era uma pessoa muito pequena. Talvez Ridley encomendasse um telescópio profissional, mas parecia adulta, a figura, mesmo isso sendo algo que uma criança poderia fazer — acender e apagar as luzes por horas como um pirralho. Ele se lembrou da própria filha fazendo a mesma coisa, para sua irritação, quando era criança. Ah, talvez fosse a filha entrando em contato com ele, ou entrando em contato, na sua solidão, com qualquer pessoa, mas encontrando-o, o pai dela. Quais eram as chances? Ele sentia falta dela; sentia falta até da versão pirralha dela, quando ficava acendendo e apagando as luzes. Ela morava naquela região, do outro lado do parque. Que bela história seria. Emocionante. Uma espécie de reencontro, um reencontro imaterial, socialmente distante — no estilo contágio. Mas não, não podia ser isso. Não fazia sentido. A filha morava mais longe. De qualquer modo, agora Ridley não estava irritado com esse ato infantil, estava hipnotizado. Agitou os braços freneticamente como alguém prestes a se afogar tentando chamar a atenção de um salva-vidas.

Bem, aquilo não funcionaria. Para a figura defronte a ele, a quase dois quilômetros de distância em linha reta, Ridley era tão pequeno e amorfo quanto a figura era para ele. Sentiu-se ridículo, dançando assim no escuro do apartamento em meio a um contágio global. Mas a luz do outro lado continuava radiando aqueles tripletos, rítmicos, e rápidos, dizendo, ele imaginava, *eu estou aqui eu estou aqui eu estou aqui,* como um coração disparado. O que aquilo poderia significar?

Ele se lembrou de uma palestra a que havia assistido anos antes na 92nd Street Y. Um filósofo de Princeton estava dando uma aula chamada "Sintomas e Símbolos". Ridley não estava particularmente interessado no tema, nem ao menos sabia o que significava realmente, mas estava no Upper East Side na hora em que a palestra estava começando, então resolveu entrar. O auditório estava praticamente vazio, uma plateia de talvez dez pessoas. O professor era um homem minúsculo, e Ridley não conseguia se lembrar do nome dele, mas definitivamente era longo e europeu, com um "s" seguido de um "z" em algum lugar, tentando expressar um som que não era articulado neste país — um daqueles nomes que, pela grafia teimosa e onomatopeica, parecia um protesto contra a homogeneização americana. Esse SZ usava um terno amarrotado que se parecia com um pijama de Ridley, como se fosse um macacão de bebê para idosos, com gravata e tudo. SZ claramente havia sofrido um derrame no passado, o lado esquerdo do rosto dele estava caído e uma saliva espumosa e branca se acumulava no canto da boca e ficava pendurada como coalhada fresca sob o bigode. Ele provavelmente não conseguia sentir (terna misericórdia), mas era óbvio que estava ciente ou que havia sido alertado sobre essa tendência porque, de tempos em tempos, limpava a viscosa baba nevada com um lenço antes-branco-agora-cinza.

Apesar do rosto imóvel, aquele homem exalava um ar de gentil sarcasmo e inteligência, como se estivesse prestes a levantar a sobrancelha de maneira inquisidora, se conseguisse. O derrame havia conjurado um rosto que era a definição de ironia — um lado, o direito, se mexia e se expressava, enquanto o outro lado, o esquerdo, como âncora ou atravanco, ficava parado ali num deboche inexpressivo contra o sapateado do lado direito. Ridley havia ficado maravilhado com esse rosto inimigo de si mesmo.

SZ subira no palco sem nenhum gracejo insinuante, sentara-se e resmungara algo pelo lado direito da boca no microfone que soava como "Oração". Depois de uma pausa desconfortável, o lado direito do rosto dele pareceu levemente exasperado, e ele lançou um olhar nefasto para alguém fora do palco, balançou a cabeça e, com grande esforço para enunciar, abriu ainda mais o lado da sua boca que funcionava e articulou com um pouco mais de clareza: "Coração". Aquele inconfundível compasso duplo saiu pelos alto-falantes — *tum tum*, *tum tum*, *tum tum*. O quente, iâmbico e reconfortante tambor da vida. SZ mexeu alegremente a cabeça no ritmo por um tempinho, enquanto o público esparso ria, aliviado com sua agilidade excêntrica, e quando ele acenou de novo para o lacaio invisível, o barulho de coração acelerou, tornando-se errático — *tum tum tum, tum tum, tum tum tum, tum*; e depois acelerou mais ainda, perdendo aquela repetição saudável, esquecendo de bater, logo palpitando mais alto — *tum tum tum tum tum tum tum*!

Ridley percebeu que estava ficando ansioso, como se fosse seu próprio coração angustiado ali, explodindo para o mundo inteiro ouvir. Ele olhou para o rosto de SZ e não viu mais um acadêmico inofensivo, benigno, vítima de um derrame; viu um mago malvado — o velho enrugado parecia estar olhando diretamente para ele e só para ele, seu rosto congelado numa frieza glacial, um olho sem piscar num julgamento arrogante. Ridley sentiu a comichão embaraçosa do ácido úrico na ponta do pênis. Estava apavorado. SZ acenou mais uma vez para seu colaborador invisível. O coração delator parou. Ridley expirou. De repente se deu conta de que estava segurando a respiração fazia um bom tempo. A sala estava silenciosa.

SZ esticou o pescoço até o microfone e pareceu sorrir, ou fazer uma careta, e perguntou, embora o significado de suas palavras, parcialmente articuladas por meia boca, só tenha sido compreendido por Ridley algum tempo depois, como se ele mesmo tivesse que completar a outra metade delas: "Izo e u zitoma... o u zibolo... je u afaque ardíaco?". Ridley parou, repetindo as sílabas sem sentido silenciosamente para si mesmo, tentando desvendar o quebra-cabeça, até que entendeu: *Isso é um sintoma ou um símbolo de um ataque cardíaco?*

Ele não conseguia se lembrar de qual tinha sido a resposta certa.

As luzes do outro lado do parque formavam um padrão. Como aquela pulsação no auditório vazio. Sintoma ou símbolo? Ele ainda não sabia. Ridley entraria na Amazon mais tarde, encomendaria um livro sobre código Morse. *Ponto ponto ponto /traço traço traço /ponto ponto ponto* — ele lembrava que isso era SOS (...---...). Ainda criança, isso tinha sido gravado em sua memória, quando seu pai dissera para pensar na Nona Sinfonia de Beethoven na hora de comunicar o código. *Ponto ponto ponto traço/(adágio) ponto... ponto... ponto... traço...*

Ridley foi até o interruptor na parede da sala e ficou ligando e desligando as luzes tentando imitar o padrão do SOS. Por que SOS? Ele não sentia que precisava ser salvo. Mas essa era a única sequência de código Morse que sabia com alguma certeza, e não queria falar algo errado para seu novo amigo lá do outro lado da cidade. Melhor SOS que outra sequência de desespero ou euforia. SOS significava "Save Our Ship", salve nosso navio? Ou "Save Our Souls", salve nossas almas? Um pouco dramático. Não queria deixar uma primeira impressão ruim nem parecer carente, não confiável, tagarela. Ficou ali, encostado na parede como um moleque endiabrado de dez anos de idade — *cima/baixo cima/baixo cima/baixo, cima (pausa)/baixo cima (pausa)/baixo cima (pausa)... baixo cima/baixo cima/baixo cima/baixo.* Foi difícil acertar o ritmo do código Morse com luz, principalmente a duração dos traços. Talvez ele estivesse dizendo "Nossas Almas Salve" ou "Almas Salve Nossas" ou "Salve Nossa Merda". Almas salve nossas *o quê?* As luzes do outro lado se apagaram. Ele tinha estragado tudo. SOS? O que ele estava pensando? Que carência. Ele também apagou todas as luzes e esperou. Agora estava tentando dizer, *Estou escutando.*

Logo o sol nasceu, entrando pelos espaços entre os prédios e brilhando de forma intermitente, antes de finalmente clarear por completo no céu e todas as lâmpadas em todos os lugares se tornaram inúteis conforme mais um dia atarefado em Nova York começava, ou pelo menos aquela versão lockdown de um dia atarefado em Nova York, uma cidade fazendo uma imitação sem graça de si mesma.

Ridley vestiu um terno, colocou sua máscara e saiu para o parque. Estava tão acostumado a ficar em casa que a luz natural da manhã fez os olhos dele arderem. Não saía havia semanas, talvez meses. O dia estava ensolarado e até quente para a estação, talvez uns quinze graus, o meio do inverno provocando com um gostinho de primavera. O ar da rua o atingiu como uma invenção moderna. Ele era um prisioneiro libertado. Esses cheiros todos ao mesmo tempo! Ridley baixou um pouco a máscara, inspirou fundo e devagar, apreciando as notas como um *sommelier* — umami de escapamento de ônibus com aroma secundário cítrico de xixi de cachorro e notas de bagel de cebola. Ridley de repente se identificou com aqueles cachorros que você vê com a cara para fora da janela do carro em estado de êxtase animalesco burro, abraçando o mundo inteiro através do bulbo olfatório. Abriu a boca para absorver mais, para comer tudo, o vírus que se danasse, mas fechou-a quando imaginou como seria aquela cena; não era alegria, era mais como um grito silencioso e um perigo para os outros, um perigo nu e propagador de aerossóis. Ele colocou a máscara de volta. Mas se sentia totalmente energizado. Percebeu o quanto gostava de caminhar. Que loucura! O lado bom do cativeiro — como uma criança de novo, maravilhado em caminhar.

Ridley sempre gostara de perambular sem destino pelo Bridle Path (ou era "Bridal"? Ele nunca soube), apesar de, às vezes, não conseguir não se sobrepor às pessoas circulando neuroticamente, sobretudo quando observava pelo vidro de sua janela, uma memória em movimento dos peixes no aquário de Coney Island aonde os pais o levavam quando era criança — dando voltas e mais voltas em um tédio de peixe resoluto e vazio até o dia em que tiverem que afundar num giro final ralo abaixo. Depois de ficar preso na solitária por tanto tempo, o parque por si só parecia ainda mais o que Ridley às vezes imaginara que realmente fosse — um pátio para a prisão gigante que é a cidade de Nova York, todos os presos aproveitando sua vez de sair da cela por uma hora. Hoje, no entanto, Ridley estava conhecendo aquela ótima nova diversão que era olhar feio para qualquer um que estivesse sem máscara ou usando a máscara do jeito errado, abaixo do nariz ou no queixo. Ele entendia — também achava a máscara irritante e claustrofóbica, um saco, mas, por favor, era um sacrifício minúsculo. *Vamos, gente, vamos todos remar na mesma direção.*

Para Ridley, quase tão irritantes quanto as máscaras no queixo eram as máscaras com "mensagens" que ele via crescendo como barba conforme o contágio aumentava mês após sombrio mês — imbecis que colocavam acessórios ou transformavam suas máscaras em manifestos pessoais e políticos. *Cai fora*, Ridley resmungou, convenientemente abafado pela própria máscara branca, *mesmo de boca fechada você não consegue se calar, porra. Você não é um outdoor, idiota.* Hoje, Ridley só tinha seu olhar furioso para fuzilar as pessoas e ensinar a elas lições de vida de sua sábia geração, seus olhos penetrantes e sobrancelhas franzidas eram as limitadas ferramentas da expressão mascarada ao seu dispor — *Ha*, ele pensou, *agora somos todos como aqueles atores exagerados de filmes mudos fazendo um Kabuki pandêmico.* Ele não podia nem torcer o bigode como Snidely Whiplash para toda essa geração tagarela, saltitando por aí e fazendo sinais uns aos outros, aparentemente feliz por ter mais um artigo indumentário para exibir suas marcas, virtudes e afiliações para o mundo — mais um espaço se abrindo no corpo outdoor. Há um símbolo da paz onde a boca deveria ficar — *Bom pra você, Gandhi! Isso vai fazer toda a diferença.* Ali uma incrustada de pedrarias — *Isso aí, garota, quando a vida te der limões, coloque strass neles.* Outra com a bandeira americana — *Vamos lá, time!* Cara, era o máximo sair de casa e se comunicar com as pessoas de novo! Ah, ele tinha sentido saudades do mundo. O fato de ninguém responder com raiva à sua amarga censura mascarada o fez sentir-se velho, no entanto, e invisível. Ele nem era considerado um adversário digno no grande e velho pátio da prisão de Manhattan: apenas um débil condenado à prisão perpétua falando sozinho, nada ameaçador, desmerecedor de uma réplica, uma briga ou uma canivetada na perna. Merda.

Esqueça as pessoas, era tão bom estar de volta à natureza. Bem, pelo menos estar nessa versão urbana cercada, já bem trilhada. Ah, Nova York, Manhattan na verdade, com seu verde e embalsamado coração central. Hoje, esse parque pandêmico-despovoado parecia a Ridley uma recordação de coisas perdidas, conquistadas e domadas; e ele começou a filosofar grandiosamente enquanto caminhava por abandonados Strawberry Fields, brincando com esse conceito — o parque como uma espécie de memorial vivo à nossa vitória definitiva sobre a Natureza. *Nós vencemos. Prendemos a Mãe Natureza aqui neste parque, como o gênio da lâmpada em um conto de fadas, as grades da prisão de asfalto a leste, oeste, norte e sul, para que a Natureza Humana pudesse correr livre, leve e solta pelas ruas.* A cidade natal de Riley não era, então, o lugar que lançava as tendências para o restante do Novo Mundo, o arauto da cidade como parte temática da consciência — essa obsessão autocentrada da espécie com o destino humano acima de tudo, a troca final, fatal, hierárquica no topo da cadeia — a pequena, a pomposa Natureza Humana sobre a Mãe Natureza? Ele teve uma visão repentina do Central Park como uma grande lápide para o passado vernal e quis compor um louvor condenatório, emocionante, construtor-de-consenso, alterador-da-consciência-do-mundo para o funeral que faria com que as pessoas vissem os erros em suas trajetórias.

"Ah, por que você não consegue calar a boca, viver o presente e apenas ficar feliz nessa porra de parque lindo, Ridley?", perguntou a si mesmo em voz alta, parando momentaneamente, soando muito, ele percebeu, como sua ex-mulher. *Ah, Ridley, por que você nunca consegue se divertir?* Diversão. Ele balançou a cabeça e riu com tristeza, quase constrangido, por sua incapacidade de... curtir. Isso era *culpa dele*? Podia ser. Sinceramente, ele não sabia. E apesar de o parque ser um mero lembrete domesticado do caos ancestral, também era verdade que Ridley nunca deixava de ver algo novo sempre que andava por ali, algo que nunca tinha notado antes, algum indício ou essência da autenticidade primordial. Além disso, Ridley havia lido recentemente algumas matérias alarmistas sobre animais selvagens recuperando espaços à medida que humanos com-medo-do-vírus recuavam do parque e hibernavam dentro de suas confortáveis cavernas. Guaxinins cada dia mais ousados. Gansos se acumulando como um exército barulhento soltando fezes moles. Cães e gatos selvagens. Ratos correndo como riachos à noite, enquanto esquadrões de gaviões mergulham nas presas fáceis. *Uma merda de "Diamond Dogs", mesmo*, ele pensou. *In the year of the scavenger, the season of the bitch.** O parque escapando da sua prisão, o gênio fora da garrafa. O verniz da civilização era fino como papel. Espécies que não eram vistas havia gerações retornando. Águias? Ursos? Pumas? A Mãe Natureza se levantando do leito de morte e revidando com força. Um gostinho do apocalipse bem aqui, no quintal dele!

Ridley inspirou profundamente, olhou por cima do ombro com apreensão e recobrou uma pequena sensação de assombro. *Assombro é meio divertido*, ele pensou. *Eu sou divertido*. Ele sabia que o mundo selvagem aborígene ainda tinha algumas cartas nas suas mangas verdes.

---

* *No ano do carniceiro, a temporada da cadela*. David Bowie, "Diamond Dogs", 1974. [N.T.]

Ridley não tinha planejado, mas logo se viu perto da rua onde achava que ficava o prédio das luzes piscantes. O prédio que era uma milagrosa menorá. Orientou-se, olhando para o outro lado da cidade na direção de seu próprio apartamento onde podia distinguir vagamente sua janela, ou onde sua janela deveria estar. Saiu do parque e encontrou um banco de madeira no lado oeste da Quinta Avenida bem de frente para seu objeto de fascínio. Comprou um cachorro-quente, um refrigerante e um pacote de amêndoas caramelizadas de um vendedor de rua que usava luvas descartáveis como se fosse um cirurgião. Um trabalhador essencial, um médico nas trincheiras das salsichas. Talvez esse cara estivesse vendendo *souvlaki* e pretzels mesmo com a proibição do governo, mas e daí? Como aqueles raminhos verdes que brotavam sem ser plantados nem desejados a cada primavera por entre os azulejos de cimento desterrados de seu terraço vinte andares acima do solo: a vida não seria negada — ela abria caminho por entre as fissuras. A vida deu um jeito. O cara cigano do cachorro-quente era uma baita inspiração para todos nós. *Minhas amêndoas caramelizadas e meu Jesusinho*, Ridley suspirou, arrepiando-se com a esperança. Era como um sábado do passado; Ridley quase se sentia despreocupado. Estava na rua ao ar livre e não tinha nenhum compromisso. Deu um soco no ar com um dos punhos em comemoração e protesto.

Comeu feliz, chamando o vendedor para lhe dizer que aquele lanche era de primeira. Talvez até tenha chamado o cara de "meu chefe". Ah, ele estava levando a alegria para todo lado. A vida era magnífica — bem, não, no momento, pensou, a vida tinha sido proibida, mas seria novamente;

a vida seria magnífica novamente. Ridley olhou para as janelas e tentou contar e identificar o portal exato de seu mistério. Talvez conseguisse decifrá-lo com aritmética — *eu moro no vigésimo primeiro andar, vezes três metros por andar, e o ângulo do horizonte pela minha perspectiva a oitocentos metros de distância, usando esta ou aquela fórmula, uma linha reta e refração, criariam a ilusão prismática de... ah, que merda.* Ele riu de si mesmo. Sabia que era um daqueles membros hipócritas da tribo que acreditava religiosamente na ciência, mas que não sabia nada de verdade dela.

A ciência, ou a Hidra de duas cabeças do ensino médio — química e física —, embora, por definição, empírica, era na verdade uma questão de fé para alguém superficialmente educado (ou seja, alguém essencialmente ignorante) que tinha se formado numa faculdade de humanas como ele. O que eram seus números impenetráveis, fórmulas e previsões, Ridley especulou, se não a língua, as orações e as profecias sacerdotais do único Deus verdadeiro que havia assassinado todos os outros deuses e enterrado seus altares fumegantes e primitivos em uma avalanche de equações e teoremas em quadros-negros?

Se pressionado, Ridley não conseguiria explicar para você, com qualquer especificidade convincente, como sua televisão funcionava, ou os aviões, ou as correntes no oceano e no ar, o big bang, ou... gravidade, epidemiologia, seno e cosseno, fotossíntese, a lâmpada elétrica, o celular/companheiro/Internet na palma da mão dele (ah, como a filha dele tentara e falhara em iluminá-lo nesse assunto) e assim por diante... ou, sejamos honestos, a porra de seu próprio cérebro, corpo e sangue. A lista das coisas nas quais Ridley confiava cegamente todos os dias sem ter nem ideia de como funcionavam era infinita e, se pensasse muito tempo em sua brilhante ignorância e infantil confiança, era simplesmente angustiante. O que eram os nomes na tabela periódica, o que eram átomos e elétrons e neutrinos e toda essa laia para ele senão codinomes de anjos e demônios e deuses com poderes aterrorizantes, absolutos, cósmicos?

Para um cara formado em economia e que ganhou a vida com números, Ridley precisava admitir que era péssimo até em matemática básica. Mesmo assim sua crença na verdade em constante desenvolvimento e na magia da ciência salvadora era impermeável, sólida como pedra. Diariamente, Ridley apostava sua vida nisso. Como qualquer selvagem da Idade da Pedra, aceitava tudo na fé e, portanto, surpreendia-se consigo mesmo agora ao oferecer um espacinho conciliatório para o velho Deus e para seus próprios antepassados supersticiosos, frequentadores de igrejas, construtores de sinagogas, e, além disso, para os irmãos e as irmãs espalhados em toda esta nação dividida que ainda O temiam e amavam.

Em boa companhia mental, Ridley lembrou que, em 1926, Albert Einstein escreveu a humilde e sutilmente frase arrependida que permitiu que os monoteístas pós-Nietzsche, pós-Primeira Guerra entrassem debaixo das cobertas com os ateus em ascensão que construiriam a bomba: Deus "não joga dados com o universo".

Einstein se referia a Deus, encantadoramente, como "o Ancião". Ah, não dá para ficar mais fofo que isso, respeito pelos mais velhos. A ciência não tem problemas com o Todo-Poderoso. Nosso Bom Senhor estabeleceu todas as leis, físicas e morais. A ciência é sua tradução e sua criada, o rumo, o Tao, o caminho para Damasco, a árdua autoestrada para Deus. A ciência não é nada além de um registro no tempo, uma fotografia de Deus se movendo pelo Seu mundo.

Ridley sentiu momentaneamente uma afinidade lenitiva com Deus, o cientista, ou pelo menos atenuou sua justificável rejeição àqueles agitadores conspiracionistas sem máscara que o negavam. Se a rosa tivesse outro nome. Fé contra fé. Era tudo um jogo de confiança, de ambos os lados. Mas ainda assim, como um Pascal da pandemia, ele implorava: *Usem máscara, seus imbecis, façam essa aposta, só por garantia.*

E um brinde a você, Albert E. de Princeton e da Alemanha — Ridley estava ficando bem íntimo do santo fofo e grisalho da nuvem de cogumelo, levando a conversa ainda mais longe. Talvez Al tivesse deixado de terminar o pensamento de um jeito que daria as boas-vindas até ao luterano mais desconfiado, ao jesuíta mais ascético, ao gnóstico mais sonhador, ao americano agnóstico mais insípido: *É claro que Deus não joga dados; Ele é o Cassino.*

Ridley aprovou essa tirada elegante. Nada mal. Ele ficou entusiasmado por ter feito essa conciliação. Democracia, meu bem. Talvez todos possamos nos dar bem no fim das contas. Pode até fazer sentido como subtítulo do projeto de arte em *time-lapse*: *Ele é o Cassino.* Quem sabe em alemão, como uma piscadinha para o grande E.

Ridley não entendia alemão, mas o celular dele sim, e ninguém saberia de nada. Inclusão, ramos de oliveira e troféus de participação, é isso o que importa agora. Uma coisa meio partido de centro. Uma boa amiga havia dito a Ridley certa vez que uma lápide é um troféu de participação da vida. Essa foi boa, boa e triste. Ah, o ar fresco estava o cérebro dele funcionar bem de novo. E apesar de Ridley não conseguir explicar para você, isso provavelmente era ciência também.

Ele observou as pessoas entrando e saindo do prédio, tentando imaginar se alguma delas poderia ser o partícipe desconhecido. É claro, a única coisa em que podia se basear era uma sombra, nem sabia se era homem ou mulher, mas tentou fazer contato visual significativo do outro lado da rua com todos que saíam pela enorme porta de vidro aberta pelo porteiro uniformizado. Ninguém tinha correspondido ainda, talvez ele estivesse longe demais. Ridley tinha um pressentimento de que conhecia, ou costumava conhecer, alguém que morava naquele endereço. Talvez alguém do trabalho? Tinha estado numa festa ali certa vez, um jantar anos antes, vidas atrás, quando era casado. Meu Deus, talvez esse fosse o fatídico endereço onde havia esquecido o nome da esposa. Que coincidência seria. Depois de todos aqueles anos, voltar à cena do crime. Não é isso que criminosos fazem? Na esperança de reviver aquela adrenalina ou de ser pegos? *O inconsciente, cara, é uma coisa de louco.* Fechando os olhos, ele conseguia ver a ex-mulher dentro do prédio naquela época, uma bebida na mão, rindo, e jovem, o som dos cubos de gelo tilintando contra o cristal.

Talvez Ridley tivesse entrado em algum tipo de buraco de minhoca, talvez tivesse sido enviado do futuro para avisar seu eu do passado para não esquecer o nome da esposa naquela noite e assim salvar seu casamento e sua família, mudando o curso da história. Se bem que ele não sabia exatamente o que era um buraco de minhoca. O tempo, ou a concepção das pessoas sobre o tempo, com certeza levara uma surra naquele último ano. Com tanta coisa acontecendo em escala global e tão pouco acontecendo em escala pessoal, o tempo tinha entrado numa espécie de osciloscópio experimental, ele pensou, balançando como aquela ponte famosa, a Tacoma Narrows, que colapsou depois de milagrosamente oscilar no ar como um pedaço de papel ao vento. Havia assistido àquele vídeo muitas vezes, morbidamente maravilhado. Poderia o tempo estar balançando daquele jeito, transmutado pela pandemia, como a força em Washington em 1940 que momentaneamente transformara concreto rígido em uma onda aquática? Talvez. A sensação era meio que essa. A vertigem vibrante e existencial de tudo aquilo. Mas, novamente, a ciência estava além dele.

Então qual era o plano naquele cenário de buraco de minhoca e ficção científica? Ridley esperaria aqui até o anoitecer, entraria sorrateiramente na festa, talvez usando um disfarce, puxaria a si mesmo para um canto (depois de várias eletrizantes tentativas em que sua verdadeira identidade seria quase revelada) e sussurraria em seu próprio ouvido a palavra mágica, o nome, bem na hora H. Enquanto isso, só pelas risadas, talvez dissesse ao chefe o que realmente pensava sobre ele (uma mediocridade medíocre e mesquinha), piscasse gentilmente para sua ex (*quem era aquele senhor carismático?*) ou colocasse um bilhete na bolsa dela dizendo para investir em computadores. Aí ele se retiraria invisivelmente da festa e, depois de uma caminhada nostálgica e agridoce pela antiga Nova York, com a bebida ainda na mão, encontraria o portal (que agora imaginava que seria a oscilante

Ponte do Brooklyn, substituindo a ponte Tacoma Narrows) e deslizaria de volta ao Agora tentando não encostar em nada por medo de alterar o passado/presente. Garantindo que a borboleta não batesse demais as asas. Toda essa coisa de efeito borboleta era bobagem no fim das contas — seria necessária uma porrada de borboletas batendo asas para derrubar uma ponte. Aquela borboleta superestimava e mitificava seus próprios poderes, como tantos ratos e homens.

Não, tomara que não. Ele odiava aquele tipo de história. Trapaças, pensou. Atalhos fáceis. A vida não é assim. Você não tem segundas chances. Essa percepção tardia não é uma ferramenta funcional. Óculos para um cego. O tempo só anda para a frente. Além disso, se ele fosse mesmo um eu do futuro hoje, por que salvar só a própria pele? Por que não avisar as pessoas do passado sobre esta pandemia ou sobre o Afeganistão, ou... sabe? Tentar fazer a diferença no mundo em geral e aliviar o sofrimento em grande escala em vez de ser tão bitolado e egoísta. Ele conseguiria fazer os dois? Não. Não conseguiria fazer nenhum dos dois.

Não, ele não tinha nenhuma certeza, não era possível garantir que aquela fosse *a* festa, e agora estava preso tentando lembrar o nome do anfitrião. Tantos nomes em uma vida. Começava com M, disso ele tinha certeza. Manowitz? Maglione? Magruder, MacGruber... MacGyver, Magoo — merda, esses últimos eram programas de TV —, já era. O frustrante Rolodex do passado, cheio de letras borradas, nomes pela metade, endereços incompletos e números de telefone com seis dígitos. Em todo caso, seria estranho se "M" olhasse pela janela e visse Ridley vagabundeando ali no banco da praça, sondando a área.

Era um daqueles prédios chiques da Quinta Avenida com consultórios médicos, aquela peculiar combinação nova-iorquina de terapeutas e ortodontistas, lado a lado no térreo. Os doutores boca aberta, Ridley riu: o orifício era o denominador comum — analistas e dentistas — e ele evitava ambos sempre que possível. Teve outra sensação-memória do tipo déjà-vu de que talvez sua filha tivesse colocado o aparelho nesse prédio. Foi uma baita grana. Dr. Bron-alguma coisa? Bronfman? Bronski? Brontossauro? Não importava. Era por ali de qualquer modo. Conforme as horas passaram, ele aprendeu a distinguir os residentes dos visitantes cronometrando quem parecia entrar no prédio e sair mais ou menos uma hora, aquela hora médica de cinquenta minutos, depois.

Finalmente, uma mulher atraente de certa idade saiu a passos largos pelas portas de vidro. Ela se encaixava no perfil e na silhueta — uma verdadeira decana da Quinta Avenida, cinquenta e poucos anos, esculpida pelo Pilates, joias imensas em suas mãos brancas com veias azuis, usando duas máscaras — ele esperava que fosse ela e que estivesse pronta para que Ridley removesse seus escudos de autoproteção e abrisse as cortinas para seu segundo ato, sua rica Rapunzel, mesmo que o cabelo dela estivesse preso com um lenço da Hermès branco e laranja cheio de rostos politicamente incorretos de nativos norte-americanos. Ele se levantou, prestando atenção, enquanto a mulher atravessava a rua na direção dele, *Aqui vamos nós, minha senhora*; de repente, tomou consciência das embalagens de cachorro-quente a seus pés — nada elegante. Ela continuou andando, porém, sem nem olhar para Ridley, mantendo os dois metros de distanciamento. Ele se sentiu dolorosamente rejeitado.

Mas ainda assim era uma maneira agradável de passar o dia, mesmo que a temperatura estivesse caindo rapidamente, e que os policiais tivessem fechado a barraca do vendedor libertário e o mandado embora, e ele tenha percebido que o porteiro tinha começado a notar o estranho vadiando com propósito aparente, hora após hora, encarando o prédio. Ridley não estava fazendo nada de errado, mas mesmo assim sentiu uma indesejável onda de culpa em sua nuca, as orelhas ficando vermelhas de vergonha. Ele não era um *stalker*; ele era apenas um transeunte na cidade. Não era proibido para um adulto ficar na rua passeando ou descansando onde ele bem entendesse, era? Mas a Quinta Avenida tem mesmo a capacidade de fazer você se sentir um merda, ele pensou. Ou talvez fossem os cachorros-quentes latindo na barriga dele.

A paciência do porteiro tinha acabado, e ele veio trotando pela rua para questionar Ridley. Mas o céu estava nublando e Ridley estava começando a sentir o vento gelado do pôr do sol, então se levantou e foi embora antes de qualquer confronto.

Talvez ele visitasse a filha. Ela morava a umas dez quadras dali, talvez uns oitocentos metros ao sul, mas conforme o débil sol de inverno descia às suas costas, ele decidiu ir para casa e dar o dia por encerrado. Queria dormir cedo para conseguir acordar às três da manhã e retomar a vigília noturna. Daria uma olhada em algumas palavras em código Morse enquanto tomava um martíni.

Ridley se virou e gritou para o porteiro que ainda olhava pra ele por baixo das sobrancelhas peludas: "Talvez esse nem seja o lugar, idiota!". Ora, aquilo era uma coisa bastante estúpida para se dizer a troco de nada, não era? Não soou nem um pouco doido, era algo que um homem inocente gritaria, certo? Ele ficou se martirizando até chegar em casa, tremendo ao longo do parque que escurecia.

Bonham, Page, Plant e Jones o jogaram para fora da cama às duas da manhã. Ansioso como uma criança no primeiro dia de aula, Ridley escovou os dentes e se postou na janela usando a calça do pijama. E... nada.

Com uma sensação estranha, Ridley foi até o interruptor e fez algumas sequências em código Morse que achava que poderiam ser significativas. Correu de volta à janela, projetando a própria sombra o máximo possível para qualquer parte interessada lá do outro lado. Recebeu apenas escuridão em troca. Pegou o binóculo, mirou-o no prédio à sua frente, mas não conseguiu ver nada essa noite, nem mesmo a silhueta. *Estraguei tudo*, pensou. *Forcei a barra indo até lá. Que idiota. Mas não entre em pânico*, ele se aconselhou. *Se você quer pegar um passarinho, torne-se uma árvore.* Ele se sentou e esperou.

Horas se passaram, ele deve ter cochilado porque quando uma voz o acordou, teve que limpar um pouco de baba do lábio inferior. A voz o assustou; parecia vir de dentro do apartamento. Mas conforme se orientou, percebeu que o som estava flutuando até ele abafado lá da rua, do parque. Ridley pressionou o nariz contra o vidro e tentou se ecolocalizar, como um morcego ou um golfinho. Era feminina, ele supôs, mas com um timbre grave. Estava gritando, na verdade chamando alguém, algo emocionalmente entre essas duas coisas. Ele se concentrou numa área na escuridão abaixo; era ainda a calada da noite e, pasmem, uma figura pisou na magra mancha produzida por um dos postes antiquados que nostalgicamente adornavam o parque. Uma mulher. A mulher. A mulher *dele*. Distante demais para identificar características ou detalhes, mas a cabeça estava com certeza orientada para cima e na direção de Ridley lá em cima.

Ele não conseguia entender nenhuma palavra, então abriu a janela. Uma rajada de vento ártico o fez recuar, mas ele forçou a cabeça para o ar gelado assim mesmo. Incrivelmente, na Nova York atenuada pelo toque de recolher havia tão pouco trânsito — tanto de carros quanto de pessoas —, na madrugada, que a voz da mulher era a única voz agora, o único som humano em uma cidade de milhões. Alguns gansos-do-canadá no reservatório soltavam um grasnado ocasional, mas parecia que ela estava sussurrando no ouvido dele, uma das coisas mais íntimas que já havia sentido. Só havia Ridley e essa mulher nas ruínas urbanas da pandemia, como uma comédia romântica distópica.

Ele estava se deixando levar. Ouviu a voz chamar seu nome. Podia jurar ter ouvido "Ridley!", mas ela estava muito longe e dezenas de andares abaixo e o vento do inverno atacava as laterais do prédio como um saqueador, causando um efeito Doppler, ou talvez fosse seu sangue correndo e pulsando em seus ouvidos. *Merda*, ele pensou, *talvez eu seja a Rapunzel aqui*. Inspirou fria e profundamente e gritou de volta a coisa mais real que sabia, a única coisa da qual havia tido cem por cento de certeza a vida inteira, a única frase tão confiável quanto a própria morte: "Estou aqui; eu sou o Ridley!". E imediatamente a sombra desapareceu, recuando silenciosamente para a escuridão como uma barata na cozinha quando você liga as luzes. Não!

"Eu sou o Ridley!"

Ele girou em círculos como uma *banshee*, entoando: "*Porra porra porra porra porra*", como se estivesse lançando um feitiço, sem saber o que fazer ou aonde ir. Parou de girar e colocou o pesado casaco preto, e politicamente incorreto, de gansos-do-canadá sobre seu corpo descamisado, um traje que fazia parte de uma guerra cultural e que era ainda mais descarado de se usar na frente de gansos-do-canadá reais no parque, mas foda-se — eles são canadenses mesmo e estava um frio do caralho. Uma frente fria tinha chegado no meio da noite.

Correu até o elevador e seguiu até o parque. Foi com pressa até o poste onde a figura tinha estado, mas fazia tempo que ela partira. Não havia sinal de ninguém, nem de que alguém estivera ali. Ridley farejou o ar como um cão de caça. Ficou de quatro e captou o último aroma de um perfume que costumava conhecer, tinha patchouli ali, e ele começou a rastejar com velocidade pela trilha, nariz no chão, mas logo aquele cheiro também tinha esvanecido, banido pelo primeiro brilho alaranjado da manhã.

A visibilidade estava aumentando, e Ridley se deu conta dos cada vez maiores bandos de corredores e ciclistas pisoteando os ovais dentro de ovais que anelavam o interior do parque como bonecas russas. Essas figuras determinadas, imparáveis, robóticas, pareciam a ele, agora, como os mortos-vivos infectados, uma mutação mascarada desse cliché de filmes de terror, inconscientemente impelidos não a comer a carne humana dos vivos, mas a obsessivamente tonificar a própria carne.

Ainda de quatro, de repente, percebeu o que aquilo devia parecer: um homem sem camisa, mais ou menos de meia-idade, mãos, joelhos e nariz no chão, cheirando a base impregnada de xixi de cachorro de um poste de luz do parque, usando uma calça de pijama surrada e um casaco de inverno vergonhoso. Um excêntrico arquétipo urbano, um clássico maluco de Nova York. Levantou-se rigidamente, fechou o zíper do casaco e camuflou-se de volta para casa, cabeça baixa, como um furão.

Ridley dormiu a maior parte do dia seguinte, dando a impressão de uma pessoa deprimida, mas ele sabia o que estava fazendo — resetando seu relógio interno, seu ritmo circadiano. A vida dele, o emprego, pelo menos, tinha mudado de um trampo diurno para noturno. Agora ele viveria pelas noites, como um grilo ou um vampiro, mas não, ele era um dos mocinhos, um defensor, não um predador ou um mero fazedor de barulho.

Ridley tinha sido salva-vidas na adolescência, vigiando os banhistas que veraneavam no Atlântico. *Laungáilend*. Tinha orgulho de ter se dedicado àquilo com o peso da vida e da morte na época. Com catorze anos, ainda um menino! Havia tripulado as muralhas aquáticas. Salvara vidas. Falhara também. Tivera momentos de desatenção. Tinha ficado chapado no almoço. Não gostava de pensar nisso; não condizia com a história que gostava de contar sobre si mesmo. Ele entrara em pânico alguma vez? Fizera o *Lord Jim*? Tinha ficado apreensivo — isso era parte do trabalho —, até com medo às vezes, claro, da correnteza, de lebres-do-mar, de tubarões, de vagalhões distantes originados por furacões no Caribe, ele era um ser humano afinal, mas isso tinha afetado o cumprimento do seu dever? Ridley era apenas um garoto e deram a ele essa terrível responsabilidade. Foi demais para ele na época, mas fez um bom trabalho mesmo assim, e agora era um homem e não entraria em pânico, nem por dentro, onde nem importava mesmo. Essa seria sua penitência então, mas não, penitência não, porque ninguém tinha morrido, tinha? Com certeza ele teria sido notificado de uma morte. Mas como ter certeza de que você tinha salvado todos? *Quem pode salvar todos do afogamento?* Tantas pessoas nadando na água, dia e noite, crianças também, bebês, confiando que ele os protegeria. Ele! Apenas uma criança ele mesmo. Só catorze anos. Uma coisinha pequenina. Impossível. Mas por oito dólares por dia — naquela época isso era como nadar em ouro. Ah, como Ridley adorava receber o contracheque assinado pela prefeitura. A oficialidade dele. A veracidade. Pago e assinado não por homens comuns, mas por instituições e principiados, por cidades e governos. A importância! Pense só. Ele sorriu com a lembrança de quão rico e orgulhoso e poderoso se sentira sendo um trabalhador homem-criança. Ele guardava como um pequeno sovina, observando os juros mínimos se acumulando em sua caderneta bancária de bolso como um fazendeiro, *devagar se vai ao longe*, regando sua lavoura. Alguns dos dólares engordando seu porquinho hoje deviam ser os mesmos que ganhara na juventude. Para ele, aquele dinheiro, suas *economias* (ele parou por um momento nessa palavra quase religiosa), era curioso e alquímico — permanecia eternamente jovem, magicamente tingido pela seiva e pelo DNA de sua juventude e de alguma maneira mais significante e potente que dinheiro ganho depois. *Poupanças nos poupam.* Ele riu, lembrando: *Jesus salva, Moisés investe.*

Você não devia mais contar essa piada velha, talvez a filha o repreendesse, revirando os olhos.

Mas não consigo não pensar nela, se sei que ela existe, né?

Que seja.

Mas Ridley continuou especulando — essa horda de dinheiro antigo também fora maculada por seu misterioso fracasso secreto, um fracasso original? Era a grana heroica de suas lembranças ou dinheiro de sangue e suborno?

Isso era um emaranhado de pensamentos improdutivos, não uma maneira de ir a fundo na questão. Aquele capítulo estava encerrado. Não era penitência, então, isso é impreciso, era mais uma conclusão. Um círculo completo como os anéis dentro do parque. Os olhos dele estavam fixos no parque aquele tempo todo, mas ele não vira nada, perdido em velhas dúvidas e recriminações ofuscantes. Foda-se tudo aquilo. Ridley estava onde estava agora, no topo do mundo, olhando para baixo como havia feito de seu posto de salva-vidas. Agora seria uma espécie de guarda noturno vigiando o reservatório. Ele seria um *salva-vidas noturno.*

Alguns dias e noites monótonos depois, ele abriu os olhos às três da manhã sem a ajuda do Zeppelin. Ridley tinha se aclimatado com sucesso à vida noturna. Não havia mais volta.

Pegou o celular — três mensagens da filha. Ela estava "preo-cupada" com ele. Pelo jeito, algum vizinho enxerido tinha visto Ridley no parque e entrado em contato. Sabe, você acha que Nova York é esse imenso clichê frio e impessoal até inalar de quatro e seminu urina de cachorro uma única vez — *Uma Única Vez!* — e eis que de repente todo fofoqueiro é a Madre Teresa. Ah, como todos estavam preocupados pra caralho com alguém para quem não davam a mínima. Ele nem iria honrar aquela hipocrisia respondendo para a filha, a garota que havia amorosamente ensinado a nadar em águas profundas e perigosas. A mãe dela era uma nadadora medíocre; ela era inútil lá, levantava a cabeça bem para cima pra respirar, pelo amor da santa. Quem você consegue salvar com uma braçada dessas? Bem, deixe que ela se preocupe comigo, só para variar. Vai ser bom ela passar um tempo refletindo sobre seu pai, na verdade isso é bom, sobre as necessidades e vulnerabilidades dele. Um pai também é uma pessoa, com seus desbrios, suas feridas não cicatrizadas e seus sonhos solapados.

A filha disse que queria fazer uma visita e vê-lo, mas que não queria matá-lo, *certo, certo,* talvez pudessem se encontrar no parque e acenar um para o outro como ursos polares em calotas de gelo irregulares? Que desculpinha conveniente, né? Não quero matar você. Não vou, não, não posso ver meu pai isolado porque... pandemia. A vacina logo faria tudo aquilo ir embora, ela disse, a doença e a solidão. Utopia no horizonte, pessoal. Besteira. Ele não acreditava. Não há vacina para pais-filhas ainda. Nenhuma injeção que torne esse amor mais navegável ou suportável. Ele a deixaria espe-rando mais um pouco antes de responder. Seria bom para ela ficar esperando no desconhecido, um momento de aprendizado. Para algumas coisas, não havia mestres: você precisava aprender sozinho. Ele também sabia jogar aquele jogo.

Ele tomou banho, passou xampu, fez a barba, aparou as sobrancelhas e os pelos do nariz e se encharcou com um velho perfume. Perfumes, como vinho, ficam melhores com os anos? Se o bafo desconcertante daquele na palma da sua mão fosse alguma indicação, não, mas era melhor que nada. Ele queria estar perfumado. Ao se pentear, vislumbrou-se no espelho e suspirou; o cabelo não via uma tesoura fazia quase um ano. Os fios mais espessos do lado da cabeça estavam ficando espetados, parecendo meio eletrificados ou einsteinianos, ou pior, ele avaliou com frieza, como o palhaço Bozo. Ele não pensava na própria aparência fazia muito tempo. Essa merda não importa quando você não vê ninguém. O que é um rosto se ninguém o vê? Quando você nunca é visto, ele se perguntou, o que um rosto *diz*? Na solidão, na quarentena, no escuro, o que um rosto *significa*? Ridley nunca tinha perdido tempo com a aparência. Com certeza nunca fora lindo. No passado, ele se descreveria modestamente, para si mesmo, como "bonito o suficiente". O suficiente para quê? Por dentro, ainda se identificava como jovem; encarando o espelho, sentia-se um rapaz olhando para um velho que reconhecia de algum lugar.

Avistou um delineador no fundo do armário de remédios que provavelmente havia sido esquecido quando sua filha e a família ficaram ali com ele algumas noites anos atrás, quando um cano estourou no prédio dela. Nunca havia notado. Forçou o tubinho com o conteúdo ressecado até abrir e, usando o espelho, tentou algumas pinceladas tímidas nos cabelos grisalhos das têmporas, nas costeletas rebeldes e na franja de Bozo. Observou com certa satisfação os anos de preocupação e estresse desaparecem com algumas pinceladas. Passou o pincelzinho pelo cabelo por mais um ou dois minutos, tentando cobrir mais áreas cinza. Logo, porém, começou a sentir-se tolo e vaidoso, e ele não era um homem vaidoso; na verdade, orgulhava-se por sua ausência de vaidade; quando muito, sentia-se vaidoso por sua falta de vaidade. Concluiu que, no fim das contas, a cor nem combinava muito, mas ele estava fazendo um esforço — essa era a questão. Se a mulher do outro lado do parque o visse, ele queria estar em sua melhor versão da melhor idade, para que parecesse, no mínimo, que se importava, apenas o suficiente porém não demais, com seu aspecto físico.

Na sala, passou alguns minutos colocando a isca no anzol, ligando e desligando as luzes aleatoriamente (tinha desistido de tentar ser coerente em Morse), até que ouviu a palavra mágica sendo gritada do parque, aquela que sempre havia exercido uma força enorme na vida dele: "Ridley!". Correndo na direção de seu nome na escuridão, bateu o joelho na quina de um aparador e caiu, gemendo como um porco enjaulado. Viu seus nervos em chamas, emitindo luzes brilhantes na escuridão, como as luzes do outro lado do parque, e pensou: então esse é o visual da dor; é bom saber qual é o visual da dor para reconhecê-la, talvez vê-la chegando. E aí uma segunda grande onda de indignadas terminações nervosas atingiu seu tronco encefálico e ele uivou de novo. *Ótimo*, pensou, *isso vai acordar os vizinhos fofoqueiros. Mandem mensagem pra minha filha de novo, seus canalhas!* Ele se contorceu no chão por alguns segundos. A calça do pijama estava rasgada no joelho agora e Ridley conseguia sentir algo morno e pegajoso na ponta dos dedos. Para ter certeza, colocou os dedos na boca — o sabor metálico, ligeiramente doce e estranho do próprio sangue.

Conforme a dor aguda inicial cessava, tornando-se um pulsar controlável, ele começou a rir, pensando no intervalo de tempo entre a batida e a dor — como isso era sempre engraçado nos filmes, ver a batida e saber que a dor estava a caminho, mas que o pobre coitado ainda não a tinha sentido, apesar de você saber; a doce antecipação onisciente, você era mais esperto que o cara na tela, você sabia as merdas que estavam sendo gestadas; e então Ridley pensou em como deveria ter sido toda aquela sequência para alguém olhando de fora — a virada nobre, máscula, o "Aguente, querida, eu vou salvá-la", o Super-Homem chegando na janela (completo com o cobertor/capa sobre os ombros) com o inexpressivo e vil aparador à espreita, o joelho, a queda, o uivo, o sangue, ninguém para ajudar — os hilários dominós caindo inevitavelmente, o tom pastelão da coisa toda. Talvez até colocar a culpa no aparador inanimado, imputando malícia humana e uma motivação a ele e chutá-lo de novo. Se algo foi engraçado uma vez, por que não beber da mesma fonte de novo? Ele rira bem alto para os vizinhos. Ha ha ha. Nada mais engraçado que um homem sentindo dor.

Ele mancou até a janela, abriu-a, mas antes de poder possuir e proclamar seu nome, Ridley a viu, mais perto dessa vez, muito mais perto. Ela estava fora do parque! No lado oeste, o lado dele! Ele nunca imaginara isso acontecendo; para ele, a mulher era uma criatura do parque, um mito, um animal selvagem. Mas ali estava ela, real, em meio às pessoas normais da rua, apesar de não haver nenhuma outra pessoa à vista porque... pandemia.

Ela estava quase diretamente abaixo dele, parada no lado leste do Central Park West, olhando para cima na direção de Ridley. Como ela estava no escuro entre dois postes, ele ainda não conseguia distinguir com clareza seu rosto. Acenou e se inclinou tanto para a frente que quase perdeu o equilíbrio de novo e teve que se segurar no parapeito para não cair de vinte e um andares até a morte. Bem, *isso* seria um bom pastelão. Embora, na realidade, Ridley morasse a apenas dezenove andares do solo — seu prédio histórico *art déco* (projetado nos arquiteturalmente extravagantes anos 1930 para parecer um templo maia) pulava a numeração do nono e do décimo terceiro andares. Ele entendia o décimo terceiro, mas por que o nono? Como todos os homens de um metro e oitenta que conhecera, a maioria dos prédios de Nova York mentia sobre sua altura.

Um ônibus passou seguindo para o norte, ocultando-a. Ridley esperou alguns momentos ansiosos até o ônibus sumir, torcendo para que ela não embarcasse, esperando que a mulher não desaparecesse depois que o ônibus partisse, como num passe de mágica. Mas não, ela ainda estava lá! Ela se virou e começou a andar devagar para dentro do parque. Espere! O aceno dele tinha sido um olá, não um adeus. Outro mal-entendido. Mas ela não fugiria dessa vez. Ele colocou seu traje de maluco e começou a perseguição.

A mulher tinha uma vantagem de alguns minutos, mas não estava correndo, não estava tentando fugir, então assim que Ridley entrou no parque e conseguiu avistá-la, diminuiu o passo. De qualquer maneira, o joelho machucado o estava matando, então ele só mancou depressa o bastante para pouco a pouco encurtar a distância entre os dois. Não queria assustá-la. Ficou calado e pairou uns vinte metros atrás dela, agora dez. Tomou cuidado para não a pressionar a parar. Talvez a mulher tivesse algum lugar para eles em mente. Talvez quisesse que ele a seguisse até o apartamento de luzes piscantes. Ela virou no Bridle Path, na direção centro-leste.

No Bridle Path, ao redor do reservatório e perto de uma ponte, ela saiu da rua pavimentada e entrou em um aterro de arbustos, então ele entrou também. Estava poucos metros atrás dela. A mulher não tinha olhado para trás nem uma vez, e Ridley a seguia como que guiado por uma coleira invisível. Aproximou-se até ficar a menos de dois metros dela, a distância equivalente a sua altura, o tamanho de um homem, esperando comunicar a essa estranha cautelosa seu respeito pelas novas regras de distanciamento social. *Caralho!* Percebeu que tinha esquecido a máscara. Ele sempre podia puxar a camisa para cobrir a boca, ah, mas estava sem camisa. Sempre podia colocar uma parte do casaco grosso por cima da boca e do nariz se ela ficasse desconfortável. Ou podia colocar o cantinho do cotovelo logo abaixo dos olhos como o Bela Lugosi em *Drácula* — ah, sim, isso com certeza acalmaria qualquer um. Ele tentou ver se havia elásticos de máscara atrás das orelhas dela, mas ainda não era possível.

Ela continuou andando, mas, quando entrou no Ramble, Ridley sentiu um arrepio agourento. Essa parte sinuosa e luxuriante do parque era bem famosa. Bem infame, também, pois a confusão labiríntica e a exuberância dissimulante favoreciam encontros sexuais anônimos. Um lugar onde um Minotauro, incapaz de resolver o quebra-cabeça da vida, ainda poderia espreitar. Ou o Minotauro que estava preso no labirinto da alma de cada homem. O Ramble de cada homem. O Ramble intrínseco. A maior parte eram encontros sexuais gays anônimos, para falar a verdade. Ele não tinha certeza se os homens eram gays, nem importava, mas eles estavam atrás de sexo gay. Essa era a língua franca ali no Ramble. Todos os estilos de vida — pais, maridos, filhos, *queens*, ricos e pobres, negros, brancos, amarelos e marrons... América: atraídos até aqui pelo grande equalizador, atraídos à luz que só a escuridão pode oferecer — a necessidade. Ah, a sagrada necessidade.

Beleza, ele pensou, aquilo não fazia o tipo dele, mas vivam suas vidas. Cada um na sua, como dizia o ditado, ou cada um na de outro cara, sabe-se lá. Na verdade, essa urgência por outro homem o intrigava, de um jeito abstrato. Várias vezes ele apontara o binóculo para essa área para ver o que conseguia observar, mas as copas das árvores eram densas demais, mesmo no inverno. Ele se lembrou dos ocasionais e sensacionalistas crimes de ódio ali, roubos/homicídios, durante o mais violento e preconceituoso século XX, e estremeceu. Morrer assim no escuro, na selva — em busca de amor e prazer, em busca de dar amor e prazer. Que pena, que grande pena. E não seria ótimo ser atacado e assassinado ali, confundido com algo que Ridley não era? Ah, isso iria satisfazer seus inimigos e dar uma sensação de encerramento dramático para sua ex-mulher e sua filha. A engrenagem que faltava para o encaixe perfeito, não é mesmo? Ahá!, elas diriam, entendendo tudo errado como sempre — outra morte em outra Veneza, e num ano de peste também. Amor acima da peste, sempre. Sexo *über* peste. Somos todos Gustav. *Ich bin ein* Aschenbach. Nah. *Nein.** A mulher parou nos arbustos mais densos, talvez na parte mais escura, mais primordial da cidade inteira. Era uma noite sem luar. E os olhos de Ridley, desde a cirurgia a laser, não funcionavam no escuro, precisavam de mais luz à noite, luz que não estava disponível agora. Isso eles não contam, esses médicos malandros, golpistas. Só dizem que você vai enxergar como antes, melhor que antes, o que era verdade, mas agora havia essa nova necessidade de luz que era uma parte escondida das letrinhas miúdas. E ele tinha esquecido o celular. Também não havia nenhuma luz artificial disponível. Podia desejar o quanto quisesse uma nesga de luar, mas seu desejo não seria realizado.

Galhos nus a manchavam de sombras, ela ainda estava de costas para Ridley. A mulher não se virou, mas suas mãos foram até o rosto e voltaram com uma máscara, que ela jogou para o lado, se era um convite para ele chegar mais perto ou um aviso para manter distância, Ridley não sabia. Os ombros dela subiam e desciam rapidamente — cansados da longa e rápida caminhada ou de tanto chorar, ele não sabia dizer. Ridley se aproximou com cautela, perfurando decididamente o fatal limite de dois metros do dr. Fauci na areia. Parou a centímetros dela.

---

* Referência ao livro *Morte em Veneza*, de Thomas Mann, que conta a história de um homem de meia-idade que vai perdendo a sanidade ao se apaixonar por um rapaz muito mais jovem. [N.E.]

"Eu sou o Ridley", ele disse. "Você me chamou. Eu vi suas luzes. Estou aqui."

Ela assentiu com a cabeça, mas não se virou de frente para ele. Ele estendeu os braços, fazendo contato, colocando as mãos nos ombros dela com cuidado. Ridley não tocava numa coisa viva havia meses; era algo elétrico, um tabu. Sentiu os músculos dela se tensionando sob seus dedos, talvez pela emoção do toque. Achou que conseguia ver a respiração dela acelerando no vapor gelado das expirações invernais. Símbolo ou sintoma? Ainda não sabia. O casaco dele estava aberto, a pele exposta do peito e da barriga estava arrepiada e crispando. Talvez fosse melhor fechá-lo, para não estar se-minu quando ela se virasse e também para não pegar uma gripe, mas não era hora para isso, para mostrar preocupação consigo mesmo ou fraqueza. Não queria interromper a magia com um momento mundano. Primeiras impressões eram muito importantes. Estabelecimento de padrões. Definição de modelos. O casaco continuou aberto.

Ridley colocou uma leve pressão nos ombros dela para virá--la de frente para ele, mas a mulher pareceu resistir, então ele relaxou as mãos e, em vez de cessar o contato, nunca cessando o contato agora, abaixou as mãos até a cintura dela, deu um último meio passo para a frente e a puxou para perto, a envolveu, enganchando as mãos ao redor da cintura dela num abraço. Ela inclinou a cabeça para trás no ombro dele, finalmente receptiva. Ele notou aquele cheiro de patchouli de novo e sentiu a carne espiralada da orelha dela contra sua bochecha.

Ficaram assim por um tempo, para Ridley pareceram horas, respirando no mesmo ritmo do outro, um no outro. Nenhuma palavra, não havia necessidade de palavras. O tempo continuou se expandindo, cada momento se estendia indefinidamente, porque cada momento podia ser o momento logo antes de ela finalmente virar e olhar nos olhos dele pela primeira vez, para vê-lo, para conhecê-lo. Era fantasticamente emocionante. Ele estava abraçando apertado uma estranha sem máscara, uma estranha sem rosto, na verdade, já que ele ainda não tinha visto o rosto dela claramente. Era tão impessoal que parecia o momento mais pessoal, mais íntimo da vida. Eles eram vetores anônimos de desejo e resposta mútua, como átomos subatômicos desconhecidos girando e colidindo onde a física e o destino tornavam-se uma coisa só. Ridley também sentiu que a estava consolando, mas pelo que ele não sabia. Era um consolo geral, emanando dele como uma onda, um mar de simpatia. Ela com certeza tinha sido machucada pela vida; ele aliviaria essa dor. E, no entanto, também se sentiu consolado *por* ela; apesar de ela não ter dito nada e mal ter se mexido, também não tentou escapar, ou partir aquele abraço. Ele permitiu que esse consolo feminino o aquecesse, assim como o calor das costas dela aquecia sua barriga exposta. Inalou esse amor impessoal e o doce patchouli; a sensação era de aceitação e perdão universal.

Ridley não soube por quanto tempo eles ficaram parados daquele jeito, como uma estátua de parque de algum casal grego esquecido, mítico e ancestral, mas em algum momento se cansou de consolar e ser consolado. Levemente apavorado, viu que um pouco do delineador em suas têmporas tinha manchado a bochecha dela. Ridley queria algo mais imediato e físico, queria ir além. Era um homem, no fim das contas, não só essa máquina de proteção. Sutilmente, aplicou pressão para virar o rosto dela mais na direção dele, usando seu próprio rosto como uma espécie de ferramenta, ou como uma gentil alavanca, para que os lábios deles se alinhassem para um beijo. Ela parecia flexível às vontades dele; sentiu-se tão encorajado que, quando os cantos das bocas se encontraram, ele abriu a dele e esticou uma língua averiguadora, ligeiramente de lado em busca do buraco negro, úmido e perfumado que era a boca da mulher. Ridley não beijava ninguém havia muito tempo. Nem se lembrava de como era. A boca da desconhecida se abriu, não para receber a língua dele, mas para falar. Sua respiração tinha um cheiro nervoso, mas intenso, como bebida destilada e vermute açucarado.

"Não posso", ela disse. "Ainda não."

Ela tirou as mãos dele da sua cintura e saiu andando, desaparecendo no Ramble. Ridley ficou paralisado. Não podia segui-la, achou que não devia, que aquilo seria muito agressivo; queria obedecer aos comandos dela e jogar de acordo com as regras dela até se sentir mais estável nesse relacionamento. Ouviu as pegadas da mulher amassando o solo cada vez mais longe, até tudo estar em silêncio, exceto pelas onipresentes ambulâncias subindo e descendo pelas veias escleróticas daquela cidade sitiada. Ele gritou: "Mas eu não sei seu nome!". E esperou para ouvir o nome mágico flutuando de volta até ele. Seria como um poema. De todos os nomes que ele conhecia, nenhum faria justiça àquela mulher. Mas nenhum nome retornou.

É claro que não. *Mas eu não sei seu nome*? Que frase idiota. Totalmente clichê e exagerada. Arrependeu-se imediatamente de ter dito aquilo. Afinal, nem tinha certeza se queria saber o nome dela. Para que isso serviria? Pegou a máscara descartada dela e inalou profundamente. Se pudesse comer aquela merda, ele comeria. Queria *digeri-la*, senti-la dentro dele. A máscara era de um vermelho escuro, mas não havia nenhuma outra pista identificável, nenhuma marca significativa. Ele estava se xingando baixinho por aquela merda de oscilação entre a covardia e a agressão quando, da escuridão, tão perto que sentiu o hálito movimentar seus cílios, uma voz inconfundivelmente masculina disse com a rouquidão de Barry White, mas com um sotaque irreconhecível: "Nada de nomes aqui, irmão. Vem pra cá usar esse corpinho".

Ridley se lançou para longe instintivamente. Sentiu seu cu contrair e relaxar enquanto suas bolas ficavam enormes. Talvez tenha se cagado um pouco. Continuou retrocedendo, fugindo da voz, mas imediatamente tropeçou no galho de um arbusto rasteiro. O velho pastelão de novo. Hahaha. Nunca falha. Só que ele ainda não via graça nisso. Talvez depois, seguro e quentinho no seu apartamento com vista para o parque, mascando um chiclete de canabidiol e tomando um uísque quente com limão, ele daria uma boa gargalhada. Mas não agora. Um espinheiro tinha arranhado a testa dele na queda. Ele tentou piscar para tirar o sangue denso dos olhos. Levantou, todo torto, e fugiu correndo sem nunca olhar pra trás.

Ridley acordou, sem ter certeza de que aquilo não tivesse sido um sonho, com uma tosse às cinco da manhã. "Kashmir", ou um trecho de cinco segundos dela, tocava sem parar há horas, e ele nem tinha percebido. Esse é o sono dos mortos, pensou, arrepiado. Então tossiu mais um pouco, uma tosse seca, improdutiva.

Saiu da cama. Seu joelho estava tenso e inchado, formando uma casca. O pijama tinha um leve cheiro acre de merda. Era melhor tomar um banho; já tinha passado da hora. Havia mais mensagens preocupadas da filha. Ele tinha sido avistado de novo, usando uma parca sem nada por baixo no parque ao amanhecer, mas dessa vez com sangue nas calças e no rosto. A imagem era tão extrema que ela nem acreditara, mas, por favor, mande uma mensagem ou ligue e diga a ela que foi só um mal-entendido? Quem sabe um FaceTime?

Ridley não sentia prazer nenhum em deixar a filha tão preocupada. Ela tinha a própria família, um marido, filhos — era egoísta da parte dele deixá-la sem resposta, mas ele não tinha vontade nenhuma de conversar com ela, nem por Skype, Zoom ou FaceTime, a filha forçando os filhos a falarem com ele, e a indisposição e o tédio e a total falta de alegria deles ao ver o avô na telinha do celular era pior, muito pior, do que a franca negligência. Então, ele mandou uma mensagem: *Deve ser um doppelganger...* Mas a porra do celular, essa merda ignorante, idiota e arrogante, não o deixava digitar *doppelganger*, e ele nem estava tentando colocar o trema; o telefone teimava em corrigi-lo como se fosse mais inteligente, como se conhecesse a mente de Ridley melhor do que ele mesmo. A audácia dessas coisas, o desplante — ele ter chegado àquele ponto da vida, tendo aprendido, não, tendo dominado tantas coisas só para essa merdinha metalizada corrigi-lo! Ridley se preparou para jogar o celular pela janela, mas parou e falou em voz alta consigo mesmo para se acalmar, porra. A filha estava preocupada com ele. Inspirou profundamente e tossiu. Desistiu de digitar *doppelganger* e escreveu: *Deve ser um clone ou outro cara gato q parece comigo pobre coitado kkk. To bem tudo certo e vc? Beijo pras crianças. Valeu por se preocupar. Saudades. Papaizito.*

Ele acrescentou umas carinhas felizes e uns emojis de mãos juntas rezando/agradecendo por via das dúvidas, apertou enviar e jogou o celular com toda a força contra a parede. Lascas de tinta voaram por causa do impacto, mas o celular, ele conseguia ver, estava intacto, caído com a tela para cima como um gato, a tela intensamente iluminada como se dissesse: *Opa, isso foi divertido! Eu tô bem! O que vamos fazer agora, chefe?*

Ridley continuou a vigia pelas noites seguintes, sem sorte. Nenhuma luz do outro lado do parque, nenhum rosto olhando para cima debaixo da janela. Ele tinha estragado tudo. A tentativa de beijo fora agressiva demais. Deveria ter ficado satisfeito com o abraço. Ele a tinha assustado, como um estudante novato e sem noção.

Porém, conforme os dias foram passando, sentiu-se mais fraco, uma fadiga de corpo inteiro, e começou a ficar receoso, depois bravo consigo mesmo. Tanto cuidado por tantos meses, vivendo a vida de uma planta doméstica, para jogar tudo para o alto em um dia e se expor daquele jeito? Não fazia sentido. Era um idiota. Mas, mesmo com a tosse seca piorando, e talvez fosse só uma tosse vulgar ou uma gripe comum mesmo, Ridley sentiu um certo alívio, como se tivesse escapado do pior. Afinal de contas, quem se encontra com desconhecidos num parque assim? Uma pessoa desequilibrada, perigosa, isso sim, uma *femme fatale* — assassina ou prostituta. E ele não era nem assassino nem um prostituto, então era ela que deveria ser. *Ufa.*

Ligou para o médico, que disse para ele ir fazer um teste. Ridley também reclamou de sintomas mentais — uma névoa cerebral, talvez até leves alucinações que eram mais como devaneios estendidos que se autoperpetuavam. A psicose era umas das inúmeras consequências dessa coisa, o médico disse — muito, muito raro, mas possível. A ciência ainda não tinha decifrado tudo, eram os primeiros dias. Talvez, Ridley especulou, puxando um dos infinitos fios que se desenrolavam, a mulher do parque estivesse positivada e psicótica e o tivesse infectado; ou talvez ele estivesse positivado e psicótico e a tivesse infectado. Talvez a psicose fosse comunicativa. Talvez o vírus quimérico tivesse só pegado uma carona naquela síndrome, e não o contrário. A raiz era o efeito colateral e o efeito colateral era a raiz. Ou ela podia ser aquela coisa perniciosa — uma *portadora* (ele estremeceu e se contorceu só de pensar nessa palavra esquiva), uma megera de Troia viral ou uma Maria Tifoide, *sim* — uma Carrie Corona, uma Sharona do 'Rona, uma pande-Mia... (*chega, Ridley!*) —, uma *portadora* assintomática de... Jesus, todo tipo de nojeiras e doenças. Ou talvez tivesse sido o cachorro-quente. Mesmo quando o mundo estava normal, vai saber o que tinha naquelas coisas? Aquelas salsichas eram lendariamente opacas. Bicos e patas e juntas, por que não jogar uns morcegos ali também? Ou o cara do cachorro-quente. Ele não estava pigarreando de vez em quando, tentando não tossir? Ele tinha trocado as luvas em algum momento? *Merda merda merda.* Como ter certeza da origem? Não era uma falta de pistas, eram pistas *demais.* Tudo era uma pista. A cabeça dele girava, o que era, ironicamente, um dos sintomas. *Sintoma ou símbolo?*

Ridley mentiu para o médico, disse que tinha testado positivo e que ele, por favor, receitasse uns esteroides e medicação. O médico era um velho conhecido e estava soterrado de outros pacientes positivados e/ou apavorados, então fez o que Ridley pediu, desejou boa sorte e disse para ele comprar um oxímetro e relatar duas vezes por dia sua temperatura e nível de oxigênio no sangue. Ridley recebeu os esteroides e os antibióticos entregues pela farmácia, mas não os abriu; queria esperar — se começasse a se sentir pior, tomaria os remédios. Na verdade, sentiu-se um pouco melhor só de olhar as embalagens. Não estava tão mal assim, já tinha passado por gripes muito piores do que aquilo. Nem acreditava que pudesse mesmo ter pegado. Nem tinha beijado a mulher.

Em menos de uma semana, quase tinha voltado a ser um animal diurno, no caminho para se esquecer de todo aquele episódio esquisito. Fez as pazes com o celular e voltou a gravar os *time-lapses* do "Res: 365". Nem sentiu falta dela, apesar de ter voltado timidamente ao Ramble algumas noites, na remota possibilidade de ela estar vagando por ali esperando topar com ele também. Mas essas incursões na madrugada não tinham resultado em nada, exceto numa tosse ainda pior e em algumas coloridas propostas de felação, para dar e receber, vindas de homens sem rosto encolhidos atrás de arbustos.

Seis dias depois, ainda se sentindo bem blé, mas não destruído, no começo da suposta segunda onda desse vírus, se é que ele realmente tinha o vírus, se é que realmente existia um vírus, Ridley apagou as luzes da sala antes de ir dormir e foi pego de surpresa pelo quadrado piscante do outro lado do parque. O hiato havia acabado. Era a segunda onda dela. Ele *queria* vê-la de novo. Sabia disso agora. Queria dizer o que pensava, pelo menos. Falar para a mulher fazer um teste. Ele tinha entrado nessa brincadeira de coração aberto e se sentia banalizado, descartado, usado. Ela se aproveitara dele, de sua solidão e necessidade de contato. Tinha se impingido na obra de arte dele, no seu legado, para chamar sua atenção. Ridley merecia coisa melhor. Eles tinham que resolver aquilo de um jeito ou de outro. Ele adorava um mistério; bem, adorava *resolver* mistérios — não gostava de ficar no escuro. Sentia um ranço daqueles filmes de suspense em que você não sabe o que está acontecendo até o final, um final que sempre é menos satisfatório do que a promessa ou a premissa. Nem gostava de tentar adivinhar. Queria respostas, merecia respostas. Ele ligou e desligou as luzes com a maior calma do mundo, devagar e despreocupado, fingindo estar entediado com ela e sua enrolação, e então observou, aguardando.

Quando as luzes responderam naquela linguagem gaguejante, para Ridley foi como fogos de artifício no Quatro de Julho. Disse a si mesmo para se acalmar. Já tinha mastigado uma gominha de canabidiol inteira e virado dois uísques. Estava se sentindo todo-poderoso. Foda-se esse vírus superestimado. Ele reconheceu uma urgência nos padrões dela naquela noite, uma nova intensidade. Ela parecia estar cavalgando com força no interruptor, como uma jóquei chegando à reta final. Talvez se sentisse culpada. Ou talvez ele tivesse feito exatamente a jogada certa e virado o jogo ao se fazer de difícil, ocupando-se de outras questões e a ignorando. Aquela velha dança idiota da indisponibilidade. Ele vestiu o ganso-do-canadá e foi para o parque.

Devia ser a noite mais fria do ano, um vento gelado de temperatura negativa. Sem luar, de novo. Dava para sentir a umidade nos pelos do nariz congelando. Ridley fechou o casaco. O joelho ainda estava meio sensível da queda, e o olho esquerdo estava levemente inchado e encrostado por causa do espinheiro no Ramble, mas ele se sentia forte. A perseguição aqueceu seu sangue. Ele estava se divertindo. Quando entrou no Ramble, estava quase saltitando, mas aqueles saltos bem machos que os jogadores de futebol davam. Pronto para a batalha. Um homem em uma missão. Mas ela não estava em lugar nenhum. De novo. Ela daria um bolo nele depois de mandar o Bat-sinal? Como se ele fosse apenas um brinquedo, um garotinho deprimido sob seu controle? Ridley nunca tinha chegado tão no fundo do poço, ser usado desse jeito na idade dele.

Fora das trilhas, tendo circulado e voltado tantas vezes que nem sabia mais onde estava, em algum lugar no centro mais denso dos matagais, cansado das palhaçadas dela, Ridley ergueu o rosto para os céus e bradou: "Eu sou o Ridley, caralho! Estou aqui!".

Esperou identificação, reconhecimento. Mas não houve nada, nenhuma resposta. Nenhum som a não ser as rajadas de vento balançando os galhos nus como dedos nodosos, artríticos e acusadores, até que um homem por fim sibilou: "Cala a boca, cara, assim a gente vai parar na cadeia".

Era aquela voz de sotaque estranho (basco? alemão? bávaro?), a voz de Barry White de novo. Assustado, Ridley se virou. Distinguiu a silhueta grande e poderosa de um homem na escuridão. "Desculpa", Ridley disse, "estou procurando alguém."

"... Eu sou alguém. Até onde eu sei."

"... Outro alguém."

"Que frieza, cara. Tem gosto pra tudo."

"Não, não foi isso que eu quis... Desculpa, uma mulher, estou procurando uma mulher."

"É o que todos dizem."

"Mas eu estou, é verdade. Não sou gay. Desculpa..."

"Desculpa de novo? Você é um filho da puta bem arrependido, né? Canadense? *Scheisse*. Ninguém perguntou. Só abaixa o volume, cara. Foda-se o que você é, porra. Você não fode com a mulher de outro cara."

Ridley ficou tonto de medo. Esse cara pairando acima dele era grande como um urso. Ridley conseguia ver que ele usava uma jaqueta militar com farda de major. Talvez o cara fosse um veterano de guerra traumatizado e ele tivesse provocado alguma coisa.

"Como você sabe que ela é casada?", Ridley perguntou, tossindo ostensivamente no cotovelo. "Fique longe", ele disse, "eu peguei o vírus."

"Esse vírus é uma farsa", o homem imenso anunciou, chegando mais perto. "São vampiros, cara. Vem dos morcegos, né? Morcegos e pangolins chineses. Óbvio pra caralho. O suposto vírus são vampiros. *Res ipsa loquitor*. Você é um vampiro?"

"Não." Ridley não sabia qual seria a melhor resposta aqui, então relativizou: "Acho que não". Seus joelhos amoleceram; ele intuitivamente diagnosticou aquele ogro como insano, transtornado e muito possivelmente perigoso. E nunca conseguiria escapar dele com o joelho aleijado. Pensou em gritar por socorro, mas o parque estava vazio. Porque... pandemia. Ele estava totalmente sozinho com aquela *coisa*.

"O nome é Ridley", ele disse, esperando forjar algum tipo de conexão civilizada com o selvagem pairando à sua frente.

"Como assim, *o nome*?"

"Meu nome."

"*Seu* nome?"

"Sim."

"Não *o* nome."

"Claro."

"Você acha que seu nome é *o* nome?"

"Não sei."

O grandalhão apertou os olhos em desaprovação. "Nada de nomes no Ramble, meu filho."

"O quê?"

"Nada. De. Nomes. No. Ramble. Meu. Filho."

"Ah, sim. Faz sentido. Uma política inteligente. Regras estritas de *O último tango em Paris*."

"O quê?" A incapacidade daquele homem de entender essa velha referência à cultura pop pareceu frustrá-lo.

Ridley se amaldiçoou por tentar bancar o espertinho num momento arriscado. Tossiu de novo, dessa vez de propósito na direção do homem sem cobrir a boca para bloquear os aerossóis mortais, sua melhor arma — uma tosse agressiva, uma tosse de autodefesa —, mas o homem, mesmo sem máscara, nem hesitou.

"E os Knicks, hein...", disse o monstro.

"O quê?"

"O que você acha deles? O pessoal tá se apaixonando por eles de novo, mas eu não. Não vou mais ser enganado."

"Basquete?"

"Os Knicks são uma farsa."

"Tá bom."

"Quer saber o que mais é uma farsa?"

Ridley tinha que ganhar tempo, então deixou o louco falar; não tinha outra escolha a não ser agradá-lo. "Sim, senhor, quero", falou com simpatia. "Claro. Me elucide."

"As eleições. Hollywood. Rock 'n' roll. Os Obamas. O 'guia de estilo de vida' Goop. Aids. Vinho tinto e talvez tequila. Paraíso. Steve Jobs. O rebatedor designado. E o direito imobiliário."

Ridley expirou. Seu cérebro estava começando a funcionar de novo, se estabilizando contra a primeira vertiginosa onda de medo o suficiente para tentar lançar um charminho. "E, é claro, os Knicks", ele disse, estimando que o cara tivesse mais de dois metros de altura.

O gigante fez um gesto de desdém com a mão de mamute. "Que se fodam os Knicks".

"É uma bela lista", disse Ridley, conseguindo dar um sorriso que ele temia que fosse lido como prepotente.

"É", o grandão continuou, "não tem vírus nenhum. Eles estão matando as pessoas, inimigos do estado, esses pedófilos, e jogando as pessoas no reservatório. Eu ando observando os níveis toda noite, tentando avisar o pessoal — são tantos corpos que o nível da água subiu trinta centímetros —, ah, e as mudanças climáticas também são uma farsa. O nível do mar está subindo por causa dos cadáveres e das cédulas eleitorais que são jogados no mar no mundo todo." Ridley estava fazendo que sim com a cabeça como um tolo castrado. O ogro olhou no fundo dos olhos dele, ergueu o indicador, que tinha uma enorme unha suja, e disse: "Mas a maior farsa de todas é essa mulher que você diz que está procurando".

Ridley ficou surpreso com o ímpeto repentino de defender a honra da sua donzela, uma donzela que ele não conhecia, e esse impulso cavalheiro lhe deu mais coragem. "Talvez você esteja confuso", ele balançou a cabeça, recuperando a confiança o suficiente para revidar só um pouquinho, "em relação ao significado da palavra 'farsa'."

O gigante encolheu o queixo um pouco para dentro e deu um sorriso torto. "Talvez você esteja confuso... em relação ao significado do... meu pauzão." Em algum lugar do distante East Side, a forquilha hidráulica do carregador traseiro de um caminhão de lixo bateu três vezes, produzindo o pior *rim shot* de todos os tempos.

"Calma aí, o quê?"

"É, droga, não era bem isso, né? Eu devia ter dito: *Talvez você esteja confuso em relação ao significado... da palavra 'meu pauzão'?*"

"Não, acho que a primeira era melhor", Ridley falou sinceramente. *Ótimo*, ele pensou, *fique amigo dele, legitime os delírios dele, entre no mundo de loucura dele para conseguir sair dessa merda inteiro.*

O monstro suspirou. "É, você tem razão, 'meu pauzão' são duas palavras na verdade, nem funciona. Matematicamente. Piadas são matemática. Você gosta de piadas?"

"Não muito."

"Por que não? *Você* é uma piada. Significa que não gosta de você mesmo."

"Bom, isso não foi engraçado."

"Pra você. Já ouviu aquela do... *Cara entra na floresta pra caçar um urso...?*"

Ridley levantou uma mão. "Calma aí, essa é uma daquelas piadas compridas sobre animais? Por que de repente me deu uma canseira e eu preciso me sentar."

"Fica à vontade."

Ridley sentou no chão duro e frio e sorrateiramente tateou em busca de algo para usar como arma contra aquele cara — uma pedra ou um galho, até um graveto pontudo para furar os olhos dele. Esse era o plano que se formava agora, contra aquele gigante fardado que podia ser um assassino demente e treinado. Mas o chão era tão duro sob as unhas que ele se perguntou: como os coveiros faziam no passado? Os que cavaram os buracos a sete palmos para a pobre massa anônima enterrada ali no parque. Enfiada na terra como um segredo embaraçoso. Na época pré-máquinas de escavação, como eles penetravam essa rocha de Manhattan a fim de enterrar o que não queriam relembrar? A sete palmos do chão ou a dois metros de distância — qual a porra da diferença? *Sintoma ou símbolo?* O chão dali era como se fosse asfalto, mas ele ciscou como uma galinha em busca de algo afiado, algo ofensivo. Uma unha do indicador se quebrou no meio da empreitada e ficou pendurada num ângulo doloroso.

Ele precisava ganhar mais tempo, então apontou para a velha jaqueta militar do grandalhão. "Você serviu?"

"Serviu quem?"

Ridley apertou os olhos e tentou ler o nome acima do bolso no peito da jaqueta. Na escuridão, achou que tivesse conseguido decifrar o nome — *Mann*. Ele apontou para a identificação. "Isso é militar ou só moda?"

Imediatamente se arrependeu dessa linha de investigação, pois o tal de Mann pareceu ter ido para seu mundo interior por um momento, perdido em alguma memória de combate ou de carnificina, talvez. Por fim, ele acenou lentamente, prestou continência e resmungou: "*Semper fi*. Afeganistão".

Ridley bateu continência de volta, sem saber por quê. Nunca tinha servido nem nada parecido. O surgimento de sua masculinidade militar, felizmente, tinha caído no entreguerras. Ele não conseguia pensar em nada para dizer. "Por quanto tempo?", acabou perguntando.

Mann olhou para o céu estrelado e apontou, traçando uma elaborada forma serpenteante com o dedo e pausando por tanto tempo que Ridley presumiu que ele não responderia à pergunta. Mann enfim respondeu, num sussurro: "Todas as noites".

"Todas...? Bem... obrigado pelo seu serviço." Ridley odiava quando as pessoas papagueavam essa frase, considerava-a praticamente uma ofensa, uma demonstração vaidosa de um patriotismo fácil, automático, e ali estava ele repetindo o bordão. Ele sabia que não significava nada vindo dele. Pareceu irritar o veterano também.

"Ah, de nada, caralho. A porra do prazer é meu."

Ridley mordeu os lábios em desespero. "Eu estava só..."

"Você está tentando sentir *empatia* por mim, filho da puta?", Mann pronunciou a palavra como se ela tivesse introduzido um gosto podre na boca dele.

Ridley sentiu como se estivesse andando cautelosamente por um campo minado atrás daquele cara, como se as palavras tivessem histórias ocultas para ele, fios-armadilha aleatórios que o fariam tropeçar. Ridley viu as mãos do tamanho de pratos se transformando em punhos fechados, então tentou se desculpar de maneira vaga de novo, sem parecer assustado ou fraco demais, rolando de costas, mostrando a barriguinha e se mijando todo.

"Não sei, cara. Sim. Talvez... algo do tipo."

"Não faça isso. Nada me deixa mais puto. Não sinta a porra da minha dor... ela é minha. Não sua. Entendeu?"

"Entendi. Não vou fazer isso de novo."

"Como São Julian disse: *Há uma propriedade do universo que está do lado da privacidade, porque alguns algoritmos de criptografia são impossíveis de decifrar por qualquer governo, para sempre.*"

"São quem?", Ridley conhecia o nome de alguns santos, mas esse era novo.

"Assange."

O homem balançou a cabeça de um lado para o outro como um cão enorme tentando se secar e disse: "Vou começar a piada do começo de novo, tá? Senão vai ficar uma merda".

"Tá bom, por mim tudo bem, neste momento", Ridley respondeu alto demais, tentando ser coloquial, usando mais palavras do que o necessário para camuflar os sons de sua permanente escavação em busca de uma arma. "Manda aí, meu irmãozinho de outra mãe. Estou pronto pra zoeira."

"Não fala da minha mãe."

"Entendido. Foi mal, de novo."

"Acho que estamos nos entendendo agora. Acho que esse *rendez-vous* está sendo bem bom."

"O quê? Não. Isso não é um *rendez-vous*. Pra mim não é, pelo menos."

"Disse o cara andando pelo Ramble no meio da madrugada."

"Não é um *rendez-vous*."

"Um *rendez-cu*. Dá no mesmo."

"Não, ninguém tá dando nada aqui. Não vamos confundir as coisas."

"Tanto faz como tanto fez."

"Vamos concordar em discordar."

"Que sincronia! Temos um vai e volta de primeiro encontro bem aqui, parece uma composição do Gershwin. Amei!"

O brutamontes respirou fundo. Ele encolheu os ombros como um tímido aluno do fundamental prestes a recitar um discurso memorizado e assentiu. "Não sou comediante profissional. Tá? Bem, aí vai: *Um cara vai pra floresta com uma espingarda pra caçar um urso, sente uma batidinha no ombro e se vira. É um urso. O urso pega a espingarda do cara e diz: 'Eu posso te matar ou te foder'. Você escolhe'. O cara diz: 'Ah, me foder? Eu acho'. O urso fode com ele, devolve a espingarda. No dia seguinte, o cara tá de volta na floresta caçando um urso, sente uma batidinha no ombro e se vira, é o urso. O urso pega a espingarda dele e diz: 'Eu posso te matar ou te foder. Você escolhe'. O cara diz: 'Merda, me fode'. O urso fode com ele e devolve a espingarda. No dia seguinte, o cara tá de volta na floresta caçando um urso, sente uma batidinha no ombro e se vira, é o urso. O urso pega a espingarda dele e diz: 'Você não quer caçar, né?'".*

O gigante riu jogando a cabeça para trás, maravilhado com a própria piada. "Meu Senhor... essa sempre me quebra", disse. "Por que você não tá rindo?"

Mas Ridley não tinha entendido. Ou não tinha graça ou era uma daquelas piadas que a filha dele (ele costumava ouvir a voz dela como um coro grego na cabeça) diria que não é mais engraçada porque representa o coito homossexual (ele presumiu que o urso fosse macho, mas talvez não precisasse ser) como algo cômico e vergonhoso, um comportamento que gera risada. Enquanto Ridley a desvendava sem nenhum sorriso, a piada também se mostrava cruel e falsamente representativa dos animais, além de ter uma arma no meio... e a ameaça de assassinato, caça por esporte, bestialidade e estupro. "Qual era pra ser o significado disso?"

"Como assim, *qual era pra ser o significado disso?* Não é o tipo de pergunta que se faz sobre uma piada. *Scheisse*. Não tem *significado*, é uma anedota, uma coisa engraçada que aconteceu... comigo."

"Certo..."

"É verdade, cara."

"Aham. Você foi fodido por um urso. Tá bom."

"Não, idiota, como você pode ser tão burro? Eu não fui fodido por um urso. *Eu* sou o urso."

Ridley ouviu uma ambulância ao longe, a sirene ficando mais alta, e se perguntou se ela estava vindo buscá-lo.

"E eu sei que eu disse nada de nomes no Ramble", Mann continuou, ainda recuperando o fôlego depois daquela hilaridade toda, "mas gostei de você. Muito. Muito muito. O nome é Ursus, mas pode me chamar de Ur."

Embora Ridley não tivesse conseguido encontrar uma arma no chão congelado, lembrou-se do celular no bolso do casaco. Talvez conseguisse ligar para a filha sorrateiramente, e ela ouviria o que estava acontecendo e viria ajudá-lo, ou, no mínimo, se ele fosse ser agredido por esse maluco, haveria alguma prova, uma gravação no celular dela. No escuro do bolso, ele mexeu cegamente no celular. Ela havia ensinado para ele um jeito rápido e fácil de chamar ajuda, mas Ridley tinha esquecido. Apertar duas coisas ao mesmo tempo? Segurar algo apertado por três segundos? Ele odiava aquela merda de celular e se recusava a aprender. Ele deveria aprender *sobre mim*!, ele reclamava com ela.

Enquanto isso, Ur continuava divagando, de algum jeito conseguindo ser distraído e ameaçador ao mesmo tempo: "E não tem mulher nenhuma pra você salvar ou pra salvar você, amigão, só você e eu e vampiros, e cadáveres demais pra refrigeradores de menos. Eles estão jogando corpos, escondendo a história, corpos e cédulas — por isso a água está subindo".

Ursus se levantou então, ameaçadoramente, bloqueando o céu, as estrelas aparecendo como um halo maltrapilho sobre sua cabeça desgrenhada; parecia conseguir ficar mais alto e mais largo conforme sua vontade. "Agora, você quer me agradecer pelos meus serviços, hein?", disse o ogro, os olhos brilhando e as mãos se dirigindo ao zíper. "Então, vamos tentar de novo, desde o começo, que tal? *Um cara vai pra floresta caçar...*"

Mas ele foi interrompido por uma voz vinda da direção do reservatório: "Ridley!".

Ridley sorriu. "É ela."

O monstro sacudiu a cabeça: "Não é, não. Isso aí não é uma mulher, irmão. Não uma mulher nascida de um humano. Não vai".

Com uma surpreendente suavidade atlética que ele achava que não possuísse mais, Ridley arrancou o celular do bolso do casaco, como um arremessador fazendo um arremesso *pickoff* para a primeira base, e o lançou na cara do homem. O grandalhão caiu com tudo, se curvando de dor, cabeça nas mãos, gemendo: "Isso foi um celular que você tacou em mim? Um iPhone 10? Você tá maluco? Isso é caro! Eu vou ficar com essa merda!".

E Ridley saiu correndo, aliviado por ter se livrado daquele doido e de seu celular e daquela série idiota e imatura de fotografias em *time-lapse*. Legado? Arte? *Vai se foder, Ridley*, ele disse a si mesmo, *você não é um artista, não tem legado nenhum*, enquanto voava pelo parque, sem dor no joelho agora, na direção do reservatório e do som da voz dela.

Ele subiu atrapalhado pelo aterro embaixo da pista poeirenta que circulava o reservatório. A lua finalmente tinha aparecido, e ele conseguia ver o gelo negro traiçoeiro nos buracos onde ela brilhava, cintilando como mica no asfalto, mas a mulher não estava em lugar algum. Ridley ouviu um barulho de respingos e prestou atenção na água — e então a viu, lá longe, no meio do reservatório, remando languidamente num barquinho de madeira. *Ela deve ter roubado isso do lago onde eles alugam barcos*, Ridley imaginou. *É proibido estar ou entrar na água do reservatório. Isso é tão maluco quanto aqueles coitados que pulam pra "brincar" com os ursos polares no zoológico. Não se faz uma coisa dessas. Suicídio por urso.* Como ele poderia alcançá-la? A água era funda demais para caminhar, e gelada, até mesmo congelada em algumas partes, e apesar de ele ter sido um salva-vidas muito tempo atrás e de ainda ter uma braçada que daria orgulho a qualquer um, não conseguiria nadar com aquele casaco pesado. Mark Spitz não conseguiria nadar com aquele casaco.

Então, ele tirou o ganso-do-canadá e os sapatos. Nem estava sentindo tanto frio assim. *Deve ser a febre causada pelo vírus que eu não tenho*, pensou. *Bem, veio a calhar*. Estava prestes a tentar escalar a cerca de dois metros e meio de altura, uma tarefa nada fácil, pronto para o resgate aquático da moça no lago, quando percebeu um buraco na cerca, e ali, ao lado da borda lisa e íngreme de cimento do reservatório, estava outro daqueles barquinhos a remo. *Ela deve ter deixado pra mim, como um valete. Pra mim e só pra mim.*

Ridley se espremeu pelo buraco e deslizou pelo aterro, esfolando as mãos e a bunda, mas chegou ao barco. Subiu pela lateral, quase capotando, depois se sentou e endireitou-se. Pegou os remos de madeira e, com uma manobra rodopiante, angulou a canoa bem na direção dela.

Em pouco tempo, ele estava remando eficientemente com os dois braços, ganhando velocidade, deixando um rastro. *Daria para andar de esqui aquático atrás de mim*, pensou. Quando ele era criança, seu pai costumava levá-lo para andar de barco no lago não muito longe dali, e eles ficavam passeando sem rumo, só os dois e uns sanduíches e refrigerantes da lanchonete. Um garoto e seu pai. Um escaldante sábado de julho. *Hot town summer in the city.** Sem lugar aonde ir, sem destino. Época mágica. Época de cartões-postais. Sobre o que eles conversavam? Quem é que sabe? Nada. Ele não se lembrava de absolutamente nada. O pai morto fazia tanto tempo agora. Caíra morto um dia. O telefonema do irmão veio no meio da madrugada, e foi isso. *Sem segundas chances. Sem café com leite. Sem nada.* Morto fazia mais tempo do que sua filha estava viva. *Como pode isso? Como funciona essa matemática?* Ele tentou, mas não conseguia se lembrar do som da voz do pai. *Me perdoe.* Que filho ingrato, que não cuidava das chamas da memória. Mas ele não precisava. Lembrava com o corpo

---

* *Cidade quente, verão na cidade.* The Lovin' Spoonful, "Summer in the City", 1966. [N.T.]

agora, enquanto remava. O que se passava entre eles na água era profundo demais para as palavras. Eles haviam falado com seus corpos mudos, sua tranquilidade silenciosa e viril. Sentado na proa, de frente para o pai enquanto ele mostrava o jeito certo de remar, não só com os braços, mas inclinando o corpo todo para a frente e para trás, usando as pernas e as costas, perdendo-se no prazer animalesco da precisão muscular metronômica. Como um remador romano. Como o próprio Charon. Um homem levantando ondas. Um homem movendo montanhas. Era isso que ele também queria ser.

Ela estava plenamente visível agora, mas a lua, a diabólica merda de lua, decidiu que seria legal se esconder atrás de uma nuvem, então ele não conseguia dar uma primeira boa olhada nela. Para avançar, tinha que remar de costas para a mulher. Logo, no entanto, Ridley a veria cara a cara, logo estaria na frente dela. Ele se propulsionou, passando por enormes blocos de gelo, descartando-os, mais forte do que o *Titanic*. Sorriu, mas o barco respondia mais lentamente do que antes, ele percebeu, desacelerando, inclinando-se, mas não por causa de falta de esforço ou equilíbrio ou experiência, ele se sentia ótimo e forte. Só o pé esquerdo dele que estava muito gelado. E molhado.

O pé descalço estava mergulhado na água congelante até o tornozelo. O barco estava vazando, balançando, afundando depressa, e Ridley estava no meio do reservatório, a vinte metros dela. Ele tentou compensar a distância, mas metade do barco já estava embaixo d'água; era como remar em um pântano. Agora ela teria que salvá-lo. Um pouco constrangedor, mas uma história charmosa para contar algum dia sobre como eles se conheceram, a velha inversão de papéis do "ele disse, ela disse", o caçador é capturado pela caça e tudo mais.

"Eu sou o Ridley!", ele gritou, sem pânico. "Preciso de ajuda!"

Arrebatado, ele observou-a virar o rosto para ele, em câmera lenta, pareceu a Ridley, ou em *time-lapse*, na verdade, ele se corrigiu. A lua cheia ressurgiu por detrás de uma nuvem, muito próxima, como um holofote programado para iluminá-la. Por Deus, ela era deslumbrante. Descansando ali, sob a lua invernal, como uma beldade balneária se bronzeando com a noite, se ensolarando com raios de lua reluzentes na água como diamantes escuros, usando um vestido vermelho, ah, ela era tudo o que ele sempre quis — incorporando o leque de atributos femininos que o obcecaram durante toda sua longa vida amorosa, reunidos todos juntos em um só lugar e em um só rosto; era indescritível, inescrutável e, ainda assim, familiar, de alguma maneira. E estava a menos de dois metros de distância agora.

"Sinto que minha embarcação está afundando", Ridley disse, dando de ombros de modo autodepreciativo, sem preocupação alguma, batendo na água acima da sua cintura como se estivesse num banho quente em casa, sem pressa, como qualquer Bond. Ela sorriu para a *sprezzatura* dele. Gostava dele. Amava-o. As mãos da mulher agarraram os remos ao lado e ela empurrou as pás para dentro d'água. Remou uma vez e ele estendeu a mão. Estava quase perto o bastante para ser tocada, perto o bastante para ele sentir o perfume de patchouli. Ela se inclinou sobre um remo e o barco dela escorregou para o lado do barco de Ridley, logo além da sua mão estendida.

"Não posso", a mulher disse, "ainda não." Uma nuvem dissipou a lua outra vez, jogando as feições dela na escuridão, e ela começou a remar para longe dele. Era forte também: em apenas alguns segundos, havia uma boa distância entre eles.

"Ei!", Ridley gritou de novo, conforme a proa do seu barquinho afundava. Ele chutou o barco, para não ficar preso nele enquanto naufragava, e começou a bater os pés e as mãos. Viu o barco a remo desaparecer graciosamente no sombrio abismo congelante. Enfrentou a água assim por alguns segundos, mas, de repente, seu pé bateu em algo. *Que sorte*, pensou, *é tão raso que eu poderia ter andado até aqui.* Lembrou-se daquele folclore sobre Nova York só para quem era da cidade — que existe uma barragem abandonada dos tempos antigos, de quando o reservatório fornecia água para a cidade, que corre entre as casas de bombas norte e sul. Inúmeras vezes, do parapeito da janela, ele tinha visto as gaivotas e outros pássaros congregando-se e descansando ali; se conseguisse chegar à barragem, ele seria o rei, como nas antigas canções. Poderia usar aquilo para chegar a uma área segura. E aí iria atrás dela. Caralho, iria, sim. A caçada tinha apenas começado.

Com água nas canelas, começou a andar para sudeste, diagonalmente na direção das luzes da Quinta Avenida, seus pés encontrando apoio firme. *Ah, se eles pudessem me ver agora, andando sobre as águas.* Ele sabia que devia estar congelando, conseguia sentir lascas de gelo nos tornozelos enquanto caminhava, mas a febre fornecia calor. *O vírus está me protegendo*, Ridley percebeu. De repente, seus pés toparam com alguma coisa; ou, pelo contrário, algo cedeu e topou com ele, ele não sabia dizer. Olhou para as trevas geladas ali embaixo e viu um lampejo branco, como a barriga de um peixe, como um peixe relativamente grande! Havia peixes ali? Já tinha visto tartarugas e patos, mas não peixes. A ideia de peixes urbanos era engraçada. Ele parou, respirou fundo, enfiou a cabeça dentro d'água e abriu os olhos. Sentiu seus globos oculares se encolhendo e contraindo no frio. Mas aquilo não era um peixe. Aquelas coisas não eram peixes.

O lampejo branco, agora ele conseguia ver, era papel refletindo a luz da lua cheia. E havia vários lampejos brancos, um cardume inteiro, dançando e girando como se tivessem sido pegos por uma brisa rodopiante. Ele agarrou um e o trouxe de volta à superfície. Era uma cédula eleitoral encharcada. Mergulhou de novo, enfiando a cabeça diretamente para baixo com os pés descalços irrompendo a superfície e apontando para o céu, e nadou de peito. De ponta-cabeça, mergulhou como um golfinho para continuar descendo, indo aonde o leito do reservatório esperava. Ao chegar mais perto das rochas do fundo, conseguiu distinguir montanhas de papel, aparentemente infinitas. Mergulhou tão fundo quanto seus pulmões permitiram e, quando sua visão se ajustou às ondulantes sombras aquáticas, foi possível ler algumas marcas familiares nos papéis, cabeçalhos e rastros de fogo que identificavam a origem trágica do tesouro naufragado — o World Trade Center. Milhares e milhares de folhas de papel que deviam ter voado até ali provenientes dos destroços daquele dia de setembro, como fantasminhas quadrados, submersas na obscuridade enquanto a vida voltava ao normal nas décadas seguintes.

Ele estava trabalhando no centro naquela manhã clara e amaldiçoada. No escritório, a apenas algumas quadras das torres, sentiu a terra tremer com os dois impactos. Sentiu o cheiro de combustível de avião e de carne queimada. Correu para a rua e observou, impotente, de uma distância não muito segura, primeiro a Sul e depois a Norte implodirem, afundando lentamente em si mesmas como, ele pensara na época em estado de choque, duas bruxas malvadas do oeste derretendo. Vagou até a casa dele soluçando, os pulmões sufocados pelas cinzas, inalando morte, por ruas tomadas de irmãos e irmãs traumatizados. Todos — estranhos — fazendo contato visual, caminhando, chorando, conversando, tocando, abraçando, compartilhando. Não conseguia falar com a esposa. Buscou a filha na escola e, quando chegaram em casa e ele reencontrou a esposa transtornada, teve uma revelação: que toda a existência era aquilo ali, essa família nuclear de amor, esse mundo de três era o suficiente para qualquer homem e sempre seria. A vida nunca mais seria a mesma.

E, ainda assim, a vida sempre seria a mesma, porque aquela ardente epifania tinha desaparecido em um ano ou dois, não tinha? E as velhas questões e insatisfações tinham voltado de mansinho, roendo tudo pouco a pouco. A vida tinha uma maneira de revertê-lo, regressá-lo para uma posição-padrão menos empática, mais fria. Ridley se perguntava: por que não conseguimos nos agarrar à verdade? Era uma verdade pesada demais para estar conosco dia após dia após dia? Intensa demais? *Como viver com um urso*, ele pensou, um urso em hibernação — você pode achar que consegue, mas não consegue, simplesmente não consegue. Algum dia, o urso vai acordar com fome e devorar você. Aquele urso vai te foder ou vai te matar. Então você esquece, precisa esquecer — você reprime aquilo, ignora o melhor que puder, coloca para dormir —, você fode e mata o urso para o urso não te foder e te matar, para você conseguir viver e trabalhar e fazer todas essas merdas que tem de fazer todos os dias. Mas a verdade fundamental que só nasce da tragédia voltou correndo a ele hoje, como se estivesse acontecendo de novo agora mesmo, o urso saindo da hibernação, acordadíssimo e faminto — Ridley nunca estivera mais cheio de força vital como naquele dia, nunca se sentira mais integrado àquela cidade sofrida ou mais certo de seu lugar humano naquela grande colmeia sofrida que era o mundo, nunca se sentira mais certo do formato do seu nobre coração. Tinha visto aqueles papéis soltos no ar quase vinte anos antes, libertos de sua servidão a Mammon, dançando no céu azul de setembro como se tentassem cantar algo, bizarramente animados e bonitos, e era ali que tinham ido descansar por fim, mudos, no fundo do reservatório.

Era isso que ele estava tentando enxergar da janela, noite após noite, com sua "arte"; tentava investigar abaixo da superfície da água, abaixo da superficial ilusão do tempo linear passando em *time-lapse*, abaixo da mesmice monótona do alvorecer e escurecer dos dias.

Era isso que ele estava tentando dizer!

E estava tentando dizer para si mesmo com a porra daquele celular idiota. Ele sempre soubera, não é? Estava tentando documentar, traduzir em imagens, a lição daquele dia, escavá-la, chamá-la de volta à superfície mais uma vez e filmá-la, num *time-lapse*, para que todos nós nos lembrássemos do que havíamos esquecido...

para que todos nós nos lembrássemos, de novo, do que é o amor verdadeiro.

Antes de ficar sem fôlego, o que o forçaria a voltar para a superfície, Ridley distinguiu uma camada mais recente, como um arqueólogo profissional, jazendo sobre a cadeia de montanhas de papel chamuscado submersa, uma sedimentação nova de cédulas brancas jogadas ali — esquecidas, invalidadas, sem marcas. Ele queria pegar tudo, segurar com as mãos e levar de volta, mas sua cabeça latejava com a falta de oxigênio e a crescente pressão da água. Ele não tinha como ir mais fundo. Contra sua vontade consciente de continuar lá embaixo e ler e saber mais, foi compelido pelo bruto instinto de sobrevivência, pelas irritantes demandas do corpo, a voltar e retroceder para a superfície. Emergiu ofegante, os pulmões gritando.

Engolindo ar, boiou de costas olhando diretamente para a brilhante moeda lunar, a face misteriosa do homem na Lua o observando naquela noite. Então dirigiu o olhar para oeste, para o lado do apartamento dele — o reverso da vista que havia cativado Ridley por anos. Ele meio que esperava ver a si mesmo lá em cima, um copo na mão, olhando para si mesmo lá embaixo. *Era aqui que você deveria estar, Ridley!*, ele queria gritar para si mesmo. *Não aí em cima, mas aqui embaixo no meio de tudo!* Aquele pequeno recorte no céu que ele havia chamado de lar por tanto tempo... parecia minúsculo comparado com o que acabara de ver. Sua janela estava tão distante quanto o passado ou uma terra estrangeira. Ela não despertava nenhum interesse de retorno, nenhuma nostalgia; não exercia nenhum aperto em seu coração. De piada, ele saudou com deboche a versão *voyeur* de si mesmo, dando adeus para tudo aquilo. Balançou a cabeça e sorriu ironicamente perante o pensamento: *Minhas luzes estão acesas, mas não há ninguém em casa.*

Ridley virou a cabeça para o outro lado para olhar para o leste, na direção do apartamento da mulher misteriosa. Ela devia ter voltado para casa depressa, porque as luzes estavam piscando, e ele conseguia distinguir a familiar silhueta de sereia esbelta. *Droga!* Ela já estava projetando seus tímidos tentáculos elétricos para outro pretendente distante. Um novo Ridley. *Boa jogada, mulher!* Aquilo doeu um pouco, ele precisava admitir, ela ter superado tão rápido, mas ele logo se distraiu com outras luzes piscantes, por toda a Quinta Avenida até onde seus olhos alcançavam, que também começaram a pulsar; e aí, para o oeste, recíprocos bancos de luz ao longo dos apartamentos do Central Park West começaram a responder, imediatamente confirmando presença na festa mundial, pensou Ridley, promovida pelo East Side. Milhares de janelas iluminadas agora, como corações retangulares batendo, contagiando umas às outras, multiplicando-se exponencialmente, até parecer que toda a cidade fantasmagórica e trancafiada e todas as suas pessoas tristes e isoladas tinham começado a se comunicar de novo, clamando — *estou vendo você estou vendo você estou vendo você* —, buscando umas às outras através do fosso escuro de um parque. Ele achou tudo aquilo lindo de ver, a cidade achando que era uma árvore de Natal, buscando conexão através da velocidade da luz, exausta daquela sufocante pandemia estraga-prazeres e das suas cuidadosas distâncias puritanas. Ridley nadou de costas de qualquer jeito, feliz como uma lontra e, olhando para o sul, observou maravilhado o Empire State Building piscar para o Chrysler Building e o Chrysler piscar e flertar de volta desavergonhadamente — esse casal em *art déco* altíssimo, glamoroso, prateado, realeza alienada se reunindo perante seus olhos. A cidade estava se apaixonando por si mesma de novo, voltando à vida, e ele se sentiu honrado de ser testemunha.

Ridley chorou lágrimas de felicidade por essa ressurreição. Sentiu-se felicíssimo pela velha cidade suja. Tudo estava voltando a seu devido lugar, a sua devida perspectiva; tudo estava se conectando. Ele estava exatamente onde deveria estar agora, nadando no meio do reservatório do Central Park na calada do inverno. Sentiu-se central a si mesmo, como se fosse o centro imóvel do círculo daquele corpo d'água, daquele parque, daquela cidade, deste mundo. Desejou que o reservatório ainda matasse a sede da cidade, para que pudesse ser uma rodela de limão naquele grande refresco; para que sua amada cidade natal pudesse engoli-lo também, ingeri-lo, para que ele pudesse nutrir a todos, inoculá-los contra esse vírus de ar e desespero e desconexão, contra a vida. *Este é o meu sangue*, ele recordou, *tomai. Eu sou o corpo e o anticorpo, comei*. Ele se forçou a hiperventilar como um mergulhador em busca de pérolas; sabia que esse medo primordial de privação de oxigênio era exagerado, mente sobre matéria. Se conseguisse relaxar, seria possível submergir de novo por alguns minutos e chegar ao fundo da questão, encostar no fundo de tudo. Ele não só veria como tocaria e sentiria. *Saberia*. Sentiu a calma e o propósito necessários o inundando como um narcótico analgésico.

Ridley encheu de ar os pulmões doloridos e mergulhou. Mas antes de conseguir ir fundo no vale subaquático do Onze de Setembro e das cédulas roubadas, das sombras surgiram as mãos, mãos brancas e negras, e os corpos, milhares de corpos. Nadando até ele, os mortos e afogados, os corpos deslembrados dos escravizados e os corpos esquecidos dos servos e dos marginalizados e das inúmeras vítimas do vírus e do terror exumado, abrutalhados pelo tempo marinando em suas tumbas aquosas. *Estavam sendo jogados aqui o tempo todo.* Ele tinha resolvido o mistério. Provas irrefutáveis. Ele era um herói. Mann tinha razão: aquilo não tinha a ver com uma mulher. Era uma questão de justiça. Ele era uma figura mundial. Era o Q. Ele os recuperaria. Nomearia. Honraria. Contaria os votos e as pessoas. Lideraria um acerto de contas. Tinha os recibos universais. Os desaparecidos e os deploráveis, os não contabilizados que a doença levara e os que não contaram para a história, que haviam sido levados em segredo por todo tipo de vírus e preconceitos e fraudes e vigarices. Nem um só, nada e nenhum, escaparia da sua mão novamente. Ele seria seu salvador.

O olhar vivo de Ridley animou os mortos, trazendo o passado de volta à vida. A liberação repentina de almas negligenciadas do purgatório da história, dando voltas ao redor dele com seus olhos cegos famintos pelo calor do reconhecimento e da redenção, como tubarões num frenesi alimentar, agitando-se até a superfície. O reservatório parecia uma panela de água fervente do tamanho de um lago, uma bruma vermelho-sangue levantando-se como vapor da fricção centrífuga. Centenas de gaivotas se materializaram no céu na esperança de uma refeição fácil, chamando as companheiras lá dos rios Hudson e East para se juntarem a elas naquele súbito banquete, dando rasantes na fedida e macia carne de cadáver, piando, brigando e implorando no ar, ora iluminadas pela lua, ora bloqueando sua luz. Os ouvidos de Ridley zumbiam com o ruído apocalíptico enquanto os gritos dos esquecidos e os clamores animados dos abutres brancos o rasgavam embaixo d'água. Ele observou os pássaros glutões irem embora com os bicos cheios de carne humana podre. O espetáculo e o fedor de morte velha o deixaram com ânsia de vômito. Teve que afastar alguns necrófagos em rasante que o confundiram, na bagunça, com carniça. Os afiados bicos amarelos perfuravam a pele e tiravam sangue que escorreu do couro cabeludo e da testa dele. Até a própria água parecia louca para quebrar suas correntes — ondas maiores que um homem, impulsionadas pela massa rolante do enxame de mortos, transformando-se num vórtex do tamanho de um tsunami, aceleradas ainda mais pelas gaivotas ao redor, ganharam a força de um furacão e bateram nas laterais do aterro, colidindo com a cerca de proteção e alagando a pista de corrida.

Ridley lutou contra a súbita corrente, firmando-se contra a maré. Submergiu e estendeu os braços para baixo, palmas abertas, para levantar os desesperados mortos-vivos; um por um ele os seguraria, os acalmaria, os salvaria, os levaria de volta à luz. Agarrou os braços rígidos de um homem morto e os colocou numa posição cruzada no peito — uma clássica técnica salva-vidas, era como andar de bicicleta para Ridley. Mas as mãos mortas não se mexeram, como que presas em pedra. Ridley notou uma mudança no mar; ele não tinha poderes embaixo d'água. Agora a mão morta-viva, com a pele na muda e descascada ondulando como bandeiras ao vento, puxou Ridley de volta para arrastá-lo ao fundo do reservatório, mais fundo na história deles, seu mundo esquecido, o outro mundo.

Imediatamente Ridley soube que não havia como lutar contra aquilo. Desistiu, agarrou — confiante, como uma criança com os pais — as mãos do homem morto e se permitiu ser puxado pra baixo. Seria um seguidor de novo, um passageiro de novo agora, como havia sido com seu pai naquele barco a remo. Era tudo que ele sempre fora, uma maria vai com as outras. Estava livre e leve enquanto afundava, sua mente cantando para si mesma — canções de ninar que sua mãe tinha cantado para ele no berço melodiosamente encobrindo a loucura da superfície — *Michael, row your boat ashore, hallelujah.** Ele até riu — *Ah, agora eu entendi, o cara não queria caçar.* Ele riu com tanta força que exalou seu último fôlego e inalou a água gelada com força para dentro dos pulmões; a tosse desapareceu. A água fria doeu como uma faca dentro dele, mas Ridley sabia que conseguiria se acostumar. Tinha respirado água no útero por nove meses muito tempo atrás; ele se lembrava. *Milk and honey on the other side, hallelujah.***

De mãos dadas com o falecido, seu guia no submundo, seu Virgílio, Ridley desceu ainda mais do que antes com os olhos bem abertos conforme cada fundo falso, cada mistério sombrio iluminado, cada resposta para cada conspiração ao longo das épocas abria espaço para a próxima, conforme a profundidade abria espaço para a profundidade, o fundo para o fundo. Ele era um garotinho que tinha acabado de aprender a ler. Sua cabeça e seus pulmões estavam cheios com o subterrâneo e místico fluxo das eras sendo folheados

---

* *Michael, reme seu barco até a costa, aleluia.* The Highwaymen, "Michael", 1960. [N.T.]
** *Prosperidade do outro lado, aleluia.* Idem.[N.T.]

como páginas de um livro manuseadas por Deus, o escritor, tão depressa que era difícil para Ridley absorver tudo.

Descendo à deriva para além das cédulas, para além dos detritos sagrados do Onze de Setembro, ele olhou enquanto homem e urso se abraçavam. E ali estava SZ sorrindo em perfeita, terrível simetria. Foi revelado a ele quem atirou em JFK e em J.R. Ele viu o homem chamado Shakespeare escrevendo todas as peças de Shakespeare. Mais adiante, através dos séculos líquidos, contemplou Judas beijar Jesus e Jesus dar a Judas trinta moedas de prata. Quando a pressão da água profunda se tornou insuportável, sua mente explodiu e seu cérebro se expandiu para além das ósseas limitações do crânio em horizontes de matéria escura, e, apesar de ele temer não haver mais espaço para receber nada, tudo foi facilmente acomodado. Havia inúmeras maravilhas, grandes e pequenas — um peixe ganhou pernas, um dinossauro se ressequiu até virar um pássaro e um macaco tornou-se humano. Não havia fim para a evolução da história, não havia fim para as perguntas e respostas, não havia fim para a miríade de papéis girando e juntando-se sob ele, símbolos *e* sintomas impossivelmente interligados, como um coral de eternas conspirações vivo e em constante metamorfose. Ainda mais para baixo, perto do fundo sem fundo, onde o tempo e o espaço convergiam no círculo que é só um centro sem circunferência, logo depois dos picos mais altos de cume branco de Qaf, o *Ali* onde a escuridão começava a dar espaço para a luz, ele viu o Ancião o chamando para chegar mais perto; e eles testemunharam o Alfa fazendo amor com o Ômega e dando origem ao Fiat Lux.

Ele esqueceu o próprio nome. Não era da conta dele. Desejou poder informar à ex-mulher que agora chegara um tempo em que ele havia esquecido os nomes de ambos. *Não é só você, sou eu!* Ele não era um cara ruim, um cara frio. Agora ela poderia perdoar seus pecados de omissão. Ele estava apenas... removendo os detalhes, para ser reabastecido com... outra coisa ou outro lugar ou outra pessoa. Sabe-se lá havia quanto tempo esse processo de esvaziamento estava acontecendo ou quanto ainda faltava para terminar. Era uma Limpeza Primaveril da Alma.

Enquanto se esvaziava de si mesmo, começou a se sentir animado. Isso fazia sentido para ele, para *o ele sem nome*. Era chocantemente estranho, mas nada desagradável. Foi como a primeira vez que fumou um baseado, na época de salva-vidas, uma previsão de chuva forte para o dia todo, ninguém iria nadar — *há raios sobre as águas*, nenhuma responsabilidade a não ser colocar as bandeiras vermelhas e manter as pessoas afastadas —, nenhum esforço, então, por que não? Leve o ar alterado para dentro de você, *assim, meu jovem*, a fumaça, *segura, cara*, e deixe-a transformar você de dentro para fora. *Take a walk on the wild side.** Ele confiou e fumou e tossiu até suas têmporas latejarem; comprou o bilhete e apertou o cinto, entrando naquele brinquedo de parque de diversões sem saber quanto tempo duraria o passeio ou onde seria o final. *Jovem louco corajoso e burro*. E, durante aquelas primeiras horas, ah, uau, tudo era... *estúpido e incrível*. Os trovões e os raios e as ondas, as risadas e a fome. Mas não fora tudo sempre assim? Não era assim que tudo sempre fora e sempre estivera e sempre seria? *Estúpido e incrível*, ele

---

* *Dê um passeio pelo lado selvagem*. Lou Reed, "Walk On The Wild Side", 1972. [N.T.]

repetiu para si mesmo agora e sorriu, porque percebeu que estava encarnando aquela velha provocação infantil — *Ei, mãe, resolva isto: o que é, o que é, quanto mais você tira, maior fica? Hein? Desiste? Hein? Um buraco!* Sim, ele tinha se *tornado* o enigma e o enigmático, o enigma-buraco, o homem-enigma. Quanto mais se tirava dele, maior ele ficava. Ele era legião; era multidões; era paradoxo. Sentiu-se pesado e leve, imenso e insignificante, alto e baixo, sem limites. Flutuando como uma pena de chumbo, não conseguia mais sentir onde sua pele acabava e onde a água começava.

Mas mesmo no meio desse labirinto de êxtase chapado à deriva, ele gradualmente tomou consciência de outra presença humana a seu lado, não o guia-cadáver que ainda segurava sua mão direita e o levava cada vez mais para o fundo. Sentiu essa nova presença tentando alcançá-lo e segurando sua mão esquerda. *Ah, bingo, aí está ela*, ele pensou, *a dama do lago quer ficar comigo, no fim das contas. Eu sabia.* Ela só estivera jogando um jogo muito perspicaz e imaginativo de estou-me-fazendo-de-difícil. Jogos mentais. *Foda-se.* Ele poderia perdoar isso facilmente, do jeito que os homens perdoam muita coisa assim que conseguem o que querem. A grandeza do vencedor nato. Ele graciosamente compartilharia seu reino com ela. Mas a dama sombria começou a puxá-lo para cima, desacelerando seu impulso descendente, exercendo uma indesejada pressão ascendente. Por mais que a amasse, não queria voltar para o raso. Não era seu destino; seu destino era ali embaixo. Um homem realizado deve voltar para a origem, o mar. Ele era um herói numa aventura épica, e o amor, com todos os seus prazeres simples de lar, leito e calor, até o amor de uma pessoa encantadora e merecedora como ela, não poderia desviá-lo. Ele a agradeceria, no entanto, pois a mulher havia sido a inspiração para o começo dessa jornada, o mistério instigante, o incidente incentivador, o tiro de partida. E, apesar de agora ele saber que ela não era o prêmio máximo que imaginara das janelas do apartamento que as luzes piscantes seriam, estava em dívida com ela, como o touro está em dívida com a bandeira vermelha. Precisava se despedir da mulher como um cavalheiro, de uma vez por todas. Então se virou para libertar sua mão da mão dela, para olhar nos olhos dela empaticamente enquanto dava a triste notícia de que precisava continuar. Mas, para sua surpresa, não era a moça sombria.

Era sua filha. Era a mão da filha dele na sua. Ela parecia muito chateada. Talvez estivesse chorando, mas não havia como ter certeza embaixo d'água, e ele também não conseguia, com o fluido correndo pelos ouvidos, entender nenhuma palavra que ela estava dizendo. Ele não queria que ela se sentisse mal assim. Ah. Sua bebezinha, o amor da sua vida. Ela não precisava se preocupar. Ele estava muito feliz em vê-la de novo depois de tanto tempo, em encostar nela, sua mão na dele, mas ela continuava puxando-o, para cima e para longe do seu destino. Ah, mas sua filha o amava o bastante para enfrentar o vírus, as gaivotas famintas, os zumbis, os ursos, os vampiros e a morte, para mergulhar no reservatório congelado só para estar com ele. Amava-o o suficiente para arriscar a vida dela para salvar a dele — *para segurar a mão dele!* — um gesto tão perigoso e potencialmente incômodo. Ah, ele estava tão agradecido de repente, muito agradecido pelo toque dela, uma gratidão quase grande demais para caber no corpo. Sentiu que iria explodir de gratidão a ela, por ela. *Ela o amava o bastante para matá-lo.* Ele a amava do mesmo jeito. Sentiu uma enorme onda de absolvição quebrando na praia de sua alma.

Na água com a filha daquele jeito, de mãos dadas, se lembrou de dias perdidos no sol e no mar de agosto. *Hot fun in the summertime.* * Sly and the Family Stone. *Laungáilend.* A garotinha do papai. *Vamos para um lugar que não tenha salva-vidas, você já está bem grandinha.* Ah, o sorriso desdentado quando ela ouviu isso, o orgulho. *Seu papai é salva-vidas, vamos.* Exibindo-se para a filha. Uma vez, quem sabe, indo fundo demais em meio a sua alegria desatenta, *é como um banho*, sem nenhuma noção, quando uma imensa onda chegou do nada, desgovernada. Ele segurou a garotinha destemida nos braços, os dois tombando sem fôlego, de ponta-cabeça naquela "máquina de lavar". As ondas chegando e quebrando tão velozes e brutas — *quantas mais?* — que eles mal conseguiam subir para dar meia respirada molhada na espuma branca, os olhos dela procurando os dele para entender se deveria estar animada ou amedrontada, antes de ter que mergulhar por baixo da próxima onda gigante quebrando, e da outra e da outra. Eles tinham ficado submersos juntos, cegos debaixo d'água, surdos nos estrondos, por um minuto, pareceu, precisando de ar, os braços dele firmes ao redor da cintura dela, *não a solte*, contorcendo-se e sendo contorcido pela força infinita e divina do irracional oceano; a corrente querendo roubá-la, seduzi-la, afogá-la, levá-la até o fundo a cinco braças, *não a solte*, arrancá-la das mãos dele prematuramente e colocá-la

---

* *Diversão quente no verão.* Sly & the Family Stone, "Hot Fun in the Summertime", 1969. [N.T.]

para sempre num túmulo aquático. Mas ele a segurou firme com mãos de aço, com um poder paterno que também veio de outro lugar, e não soltou seu encargo. Segurou. Nunca soltaria. *Nunca a solte.*

Quando o marouço rebelde passou e havia calma nas águas mais uma vez, Coral tossiu e riu como se tudo fosse um jogo, um jogo de lutinha na praia, e ele deixou que ela pensasse isso. *Você tava me apertando tão forte, papai*, ela disse com deleite e uma indignação fingida, *eu não conseguia respirar*. Então ele disfarçou e concordou com a filha, como se tivesse estado no comando o tempo todo. *Foi só um abraço de urso.* Mentindo para a paz de espírito dela, ele disse a si mesmo, mas também para sua própria autoconcepção mítica, que não havia estado a apenas uma ou duas ondas de perder sua filhinha para o mar.

Os dois recuperaram o fôlego e jogaram água um no outro por um tempo, e depois nadaram de volta para a praia simplesmente, e quando os joelhos dele cederam em cinco centímetros de água por causa da adrenalina e do receio residual, ele falou para Coral que só queria se sentar por um segundinho no raso e pegar um pouco de sol. Então ela cavou buracos na areia e fez castelos salpicados, tranquila, enquanto as mãos dele tremiam e ele tentava não vomitar, olhando para o limpo céu azul e se perguntando que tipo de homem ele era.

Mas isso foi *antes*. Lá atrás, no passado, onde coisas que aconteceram uma vez ou que nunca nem aconteceram continuam acontecendo de novo e de novo. Memórias ondeando por ele como ondas no abismo — sempre as mesmas, sempre diferentes. E isto é *agora*, ele teve que dizer a si mesmo, o que quer que isso signifique. Ambos estavam muito mais velhos agora; isso era um fato, o que quer que significasse. Com certeza suas mãos estavam mais fracas, não havia mais aço naquelas mãos. O poder que viera de outro lugar naquele dia também havia fugido para outro lugar. E embora sua filha estivesse crescida, ele sabia que ela ainda não estava preparada para o que eles estavam prestes a ver e sentir conforme desciam até o coração do reservatório. O reservatório pode distribuir vida e morte igualmente, ele pensou, ele é sempre neutro enquanto nós nunca somos — o *timing*, o *quando* do nosso mergulho, a prontidão é o que importa. Coral tinha seu próprio tempo para seguir, seu próprio caminho para trilhar. Então ele soltou um pouco. Desistiu. Foi a coisa mais fácil que já havia feito. Permitiu que seu peito relaxasse e se enchesse de fluido. Sentiu algo como um câmbio de carro trocando de marcha dentro do peito, e seus pulmões começaram a inspirar e expirar a água. Tinha feito a transição. Como um bebê na barriga de novo, no útero-reservatório de sua cidade-mãe. Era perfeito.

Os mortos nadaram para longe. Ridley, ele se lembrou do antigo nome — apesar de não ter certeza se era o nome ou o sobrenome —, estava sozinho agora. Ele sorriu para sua única filha, focando o que restava da sua força na palavra *amor*, e soltou a mão dela.

Ah, é amor. É amor.
É amor amor amor amor amor amor amor amor amor amor
amor amor amor amor amor amor amor amor amor amor
amor amor amor amor amor amor amor amor amor amor
amor amor amor amor amor amor amor amor amor amor
amor amor amor amor amor amor amor amor amor amor
amor amor amor amor amor amor amor amor amor amor
amor amor amor amor amor amor.
Charlie Chaplin, "Spring Song Of Love" em Luzes da ribalta

Na manhã seguinte, Coral Ridley estava ajoelhada ao lado da cama, segurando firme a mão gelada e molhada do pai, mas o paramédico, usando um traje de proteção, a puxava, avisando que ele ainda podia ser contagioso. Antes de ser forçada a abandonar o pai, ela fechou o zíper do casaco dele, por modéstia; ele estivera deitado ali nu e dolorosamente vulnerável a não ser por uma parca suja encharcada de suor. Fazia dias que Ridley não atendia o telefone, e ele tinha pegado de volta a chave extra do apartamento depois de uma briguinha sem sentido alguns meses antes, então, depois de bater na porta e tocar a campainha por mais de uma hora esta manhã, ela solicitou, depois de garantir ao condomínio que pagaria os danos materiais, que a equipe de manutenção do prédio chamasse a polícia para quebrar a porta de metal com um aríete, já que ela estava trancada por dentro.

Depois de ser arrancada de perto do falecido pai, Coral lavou as mãos na cozinha e caminhou até a sala. Colapsou numa cadeira de frente para a vista milionária da cidade e cedeu a um choro intenso, arfante. Por fim, levantou os olhos e olhou para o outro lado do parque, onde sua própria casa estava escondida; ela teria que descobrir como contar para os filhos que o vovô estava morto. Como contar a verdade sem aterrorizá-los. E logo teria que ligar para o irmão dele, tio dela. Deveres. Protocolo. A cabeça dela estava a mil — tantos arranjos tinham que ser feitos, uma sequência tinha de ser seguida. Ela não se sentia pronta para nada daquilo.

No parapeito, abaixo da janela aberta e ao lado do binóculo que ela lhe tinha dado de presente, ela avistou o celular do pai. Estava enfiado precariamente no parapeito e ainda tirando uma foto, o que pareceu ser uma foto em *time-lapse*, da vista dinâmica do leste do parque: o céu, o horizonte e o reservatório que tanto encantavam o pai.

Ela pegou o celular, mesmo dizendo para si mesma que deveria limpá-lo primeiro, e ficou surpresa ao ver o próprio rosto na tela olhando de volta para ela. O pai devia ter clicado duas vezes no ícone de reversão que colocaria a lente na direção do parque, ela imaginou, e acionado a câmera frontal sem querer. A câmera estivera apontada para o interior do apartamento escuro a noite toda, compondo não uma paisagem, mas um autorretrato acidental. Ela tinha medo de ver quais horrores da última noite de vida do pai a câmera poderia ter capturado, seus momentos finais. Com o tempo, talvez reunisse coragem para voltar e verificar, mas agora não. Por enquanto, estava bem sem ver.

Coral havia comprado esse celular para ele, o ensinado a usar, mas seu pai sempre se ressentira dele, nunca fizera as pazes com o dispositivo, e o estado do aparelho refletia isso. O celular estava imundo, molhado, ensanguentado e rachado, e conforme ela deslizava a tela (ela havia configurado a senha de Ridley — a mesma que a dela, caso ele esquecesse), havia várias mensagens não enviadas dos últimos dias e da noite anterior — algumas eram mundanas e, portanto, tristes e pateticamente decepcionantes como últimas palavras, como *Dicas de Natal>* e *experimentar leite de aveia?* e *Existe algum livro tipo Bitcoin para Leigos?*; outras eram misteriosas e descontextualizadas, como $T = 1/30\,fps$, *não a solte* e *Major Ursus Major (s)Ur*; algumas pareciam estar em alemão — *Das Alte Er ist das schiesse Haus*; mas a maioria era besteira e bobagem, linha após linha de letras e sinais desconexos encadeados sem nenhum significado, referência ou gramática humana aparente. Como se ele estivesse ativamente criando um novo idioma ou desaprendendo a ler. Coisas como — *izueh timthoma othimbulo?* Absurdos aleatórios. Mesmo assim, ela não conseguia não perceber uma insistência ou um código nesses devaneios, uma intenção de descobrir algum tipo de significado original preso em símbolos convencionais. Como se ele estivesse desvendando um código ou uma misteriosa, insolúvel, equação universal. Como se as letras fossem números cabalísticos. Ou — e isso era o mais provável — ele tinha enlouquecido. Havia sofrido um derrame. Ela não sabia ler o próprio pai. Algum dia soubera? Poderia aprender agora?

Coral chorou ainda mais pensando em como ele deveria ter sofrido sozinho em seu delírio e em como ela não havia estado ao lado do pai durante esses momentos de necessidade, com só o odiado celular para lhe fazer companhia. Ela tivera sonhos sinistros, vívidos e oceânicos com ele nas últimas noites. Enquanto dormia, Ridley morria. Terrível. Tentou se recordar de detalhes dos pesadelos da noite anterior, como se pudessem conter uma profecia ou um *insight* délfico sobre o mundo desperto onde ela se encontrava, mas não conseguiu. Perguntou-se qual seria o significado de sonhar com água, simbolicamente. Pesquisou no Google e leu que a água representava vida, morte, mudança, inconsciente — bem, certo, praticamente tudo que existe sob o sol. Para Freud, era nascimento e renascimento. Útil e completamente inútil. Coral esperava sonhar com o pai e com água de novo, continuar sonhando com ele, mesmo que isso significasse mais pesadelos. Havia algo em algum lugar ali. *Ele* estava ali. Só partiria de verdade quando ela parasse de sonhar com ele.

O apartamento estava uma bagunça. Parecia o cenário de uma briga. O pai devia ter se debatido de febre — seu corpo e seu rosto estavam cobertos de hematomas e sangue. Tinha algo errado naquela cena toda. Ela daria uma boa olhada depois para ver se algo tinha sido roubado. O paramédico havia mencionado brutalmente, por alto, antes de tirá-la de perto do pai, que parecia que os pulmões infectados de Ridley, cheios de fluido, haviam sido a causa da morte, que ele tinha se "afogado" seco na cama. Ela consideraria uma autópsia. Mas agora não conseguia chegar perto disso. Uma imagem passou pela sua mente, o cadáver marcado com linhas de açougueiro como um pedaço de carne, órgãos dissecados, pesados e inspecionados atrás de pistas. Não, ela não conseguia pensar naquilo.

O celular do pai tocou, "Kashmir" estrondando em suas mãos tão inesperadamente que ela pulou e quase o deixou cair. O primeiro pensamento desta filha, irracional e impossível, foi que seu pai estava ligando para ela no seu celular para avisar que estava bem, e por um milésimo de segundo Coral se encheu de esperança. Forçou uma inspiração profunda e tentou lutar contra uma vertigem repentina. Então, pareceu a ela que o celular era um cordeirinho perdido chamando um pastor, e ela sufocou um choro por aquele pedaço de metal. Conseguiu ver na tela que era sua mãe tentando ligar para seu pai lá do norte do estado. Coral havia preocupado a mãe, perguntando se ela havia entrado em contato com Ridley recentemente, mandando mensagens dizendo que ainda não tinha conseguido falar com ele hoje de manhã. Não achou que seria legal atender o celular do pai para contar da morte dele, parecia estranho e errado, e o fato de o celular não estar nem aí para a morte do seu dono pareceu nojento, obsceno até, nada como um cordeirinho. Essa insistência sem noção e as demandas por atenção naquele momento de luto a deixaram nauseada. E, agora, o celular dela começava a tocar dentro do bolso. Era a mãe ligando para ela agora.

Mas Coral não atendeu nenhum celular. Logo ligaria para a mãe e daria a má notícia. Acontecimentos irreversíveis como esse podiam esperar um momento antes de serem bradados a plenos pulmões para o mundo. Não havia nada a ser feito e nada a ser desfeito. Por enquanto, nesses primeiros instantes incertos, a morte do pai era dela, e só dela. Ela queria protegê-la, protegê-lo. Precisava de um minuto egoísta para assimilar aquela nova realidade, a falta de um pai, o fato brutal da falta de um pai, precisava deixar que isso a envolvesse como uma tinta e que se tornasse mais real a cada respiração. Coral tocou no celular do seu velho de novo. Estava sem pai fazia doze minutos.

Com uma sensação crescente de mau agouro e tabu, a nuca formigando, continuou rolando pelo poço sem fundo do feed infinito, através do histórico de pesquisa de Ridley, e-mails, registro de chamadas e mensagens, como se estivesse abrindo um alçapão numa casa mal-assombrada. Sabia que isso não era uma coisa legal de se fazer, nada de bom sairia dali, mas não conseguia parar. Estava tremendo, com a respiração rasa, consciente de estar transgredindo algum limite ancestral de alguma nova maneira tecnológica, com medo de ser emboscada por algo tenebroso. *Os pecados arquivados na nuvem do pai.* Dividida, lutou contra o desejo de encontrar tudo e nada, apenas algo que fizesse sentido. A lamuriante e brilhante chave-mestra poderia estar bem ali nas suas mãos. O celular poderia ser um raio-x, uma biografia não autorizada, um negativo da alma do pai. Ela olhou para o onipresente ícone da Apple e pensou na Árvore da Sabedoria, no Éden, em maçãs e cobras. Sim, estava tentada e compelida por alguma força natural fluindo por suas veias, contra todo bom senso, a morder a maçã na sua mão em busca desse homem, sangue atrás de sangue, família atrás de família. Ela não queria, mas precisava. Precisava saber qual era o espaço dela nos momentos privados dele; precisava *saber.*

Deslizando deliberadamente a tela do celular com o dedo, Coral parecia uma daquelas arqueólogas que apareciam na TV quando ela era criança — limpando cuidadosamente com um pincel ruínas ancestrais ou fósseis de dinossauro para atravessar obscuras camadas de pedra e poeira em busca de tesouros e fatos. Acariciando o celular como se fosse a última parte do pai que ela podia tocar — gentilmente aliciando, cavando, limpando, sem querer fazer mal, como tirar a maquiagem do rosto que mostramos ao mundo, removendo as camadas das ruínas pessoais dele que teriam ossificado em segredo durante toda uma vida. Continuou nesse deslizamento, quase obsessivo, ritmicamente, mesmo ao se preparar para uma gama de imaginárias safadezas internéticas no estilo Velho Oeste — para descrições vergonhosas em sites de paquera de nicho ou filiações políticas abomináveis, para dívidas de jogo ou compras humilhantes, para transferências bancárias para contatos questionáveis ou investimentos imorais, para poesia ruim, *selfies* constrangedoras, textões não enviados e playlists cafonas, para pornô bizarro ou fotos de pau (*por favor, não*), para um histórico familiar alternativo, registros comerciais suspeitos ou apenas para uma boa e velha fofoca — para que a nuvem passasse uma rasteira nela.

Mas não deparou com nada que validasse esses receios sombrios — nenhuma revelação, segredo ou obsessão tenebrosa. Qualquer mistério que o pai tivesse, havia levado consigo. Coral ficou, ao mesmo tempo, aliviada e pesarosa, resignada, na verdade, que aquele homem, Ridley, agora fosse permanecer eternamente cinza para ela, de modo parcial, mas profunda e essencialmente desconhecido. Pelo menos numa primeira olhada, o celular revelara a ela, mais ou menos, o pai e o homem que ela achara que conhecia. No meio das mensagens sem sentido não enviadas, também havia pedidos de ajuda e uma piada homofóbica ridícula sobre um urso e, na biblioteca de fotos, uma série infinita de amanheceres sobre o reservatório, em constante e inalterável mutação.

Agradecimentos

Como eu agradeço à cidade de Nova York? Eu nasci lá e passei a maior parte da minha vida lá, e, mesmo assim, todos os dias, ela não para de me surpreender. Nem sempre de um jeito bom, mas sempre me deixa alerta. Cresci na Baixa Manhattan, então não passei muito tempo no "Park". Um nativo raramente o chama de "Central Park", só de "Park" — esse é o tamanho de sua centralidade na mente. Certa vez, vi uma produção de *Sonho de uma noite de verão* no Delacorte, nos anos 1980, que espertamente usava as árvores do próprio parque como a floresta da peça. O "Park" foi um colaborador de Shakespeare. Sinto que também foi meu colaborador nesta história. Talvez esta seja minha versão invertida obscura e invernal daquele cômico sonho febril:

Se nós, sombras, aqui os ofendemos,
Saibam que nem tudo é como queremos:
Pensem que vocês apenas dormiam
Enquanto essas visões apareciam. *

Um pesadelo ainda é um sonho, não é? E a lição é a mesma — amor e reparação. O que o desastre e a lógica e o sofisma e a história e a política e as fadas rompem, a arte e a imaginação e a generosidade de espírito remendam.

Esta novela sonha em estar na companhia de grandes histórias que a antecederam e que, inconscientemente, e

---

* SHAKESPEARE, William. *Sonho de uma noite de verão*. Tradução de Rafael Raffaelli. Florianópolis: Editora da UFSC, 2016.

em parte conscientemente, a inspiraram — *Morte em Veneza,* de Thomas Mann; *A construção,* de Kafka; *The Piazza,* de Melville; e *O Aleph,* de Borges, entre outras.

Posso agradecer a um prédio? Se puder, agradeço ao Ardsley e sua vista para o reservatório, e a todos aqueles que o mantiveram seguro de 2019 a 2021.

Quero agradecer aos meus primeiros leitores: Jess Walter, Chris Carter, Monique Pendleberry.

Obrigado a Andrew Blauner por encontrar Johnny Temple e a Akashic Books, e obrigado a Johnny Temple por ter sido encontrado.

Fontes **Manuka, Signifier**
Papel **Pólen bold** 90 g/m²
Impressão **Santa Marta**